INK INK INK INK INK INK

U0131304

NK INK INK INK INK INK IN
INK INK INK INK INK INK
NK INK INK INK INK INK IN
INK INK INK INK INK INK
NK INK INK INK INK INK IN
INK INK INK INK INK INK
NK INK INK INK INK INK IN
INK INK INK INK INK INK
NK INK INK INK INK INK IN
INK INK INK INK INK INK
NK INK INK INK INK INK IN
INK INK INK INK INK INK
NK INK INK INK INK INK IN
INK INK INK INK INK INK
NK INK INK INK INK INK IN
INK INK INK INK INK INK
NK INK INK INK INK INK IN
INK INK INK INK INK INK
NK INK INK INK INK INK IN
INK INK INK INK INK INK
NK INK INK INK INK INK IN
INK INK INK INK INK INK
NK INK INK INK INK INK IN
INK INK INK INK INK INK

INK

文學叢書

093

荷蘭牧歌

丘彥明◎著

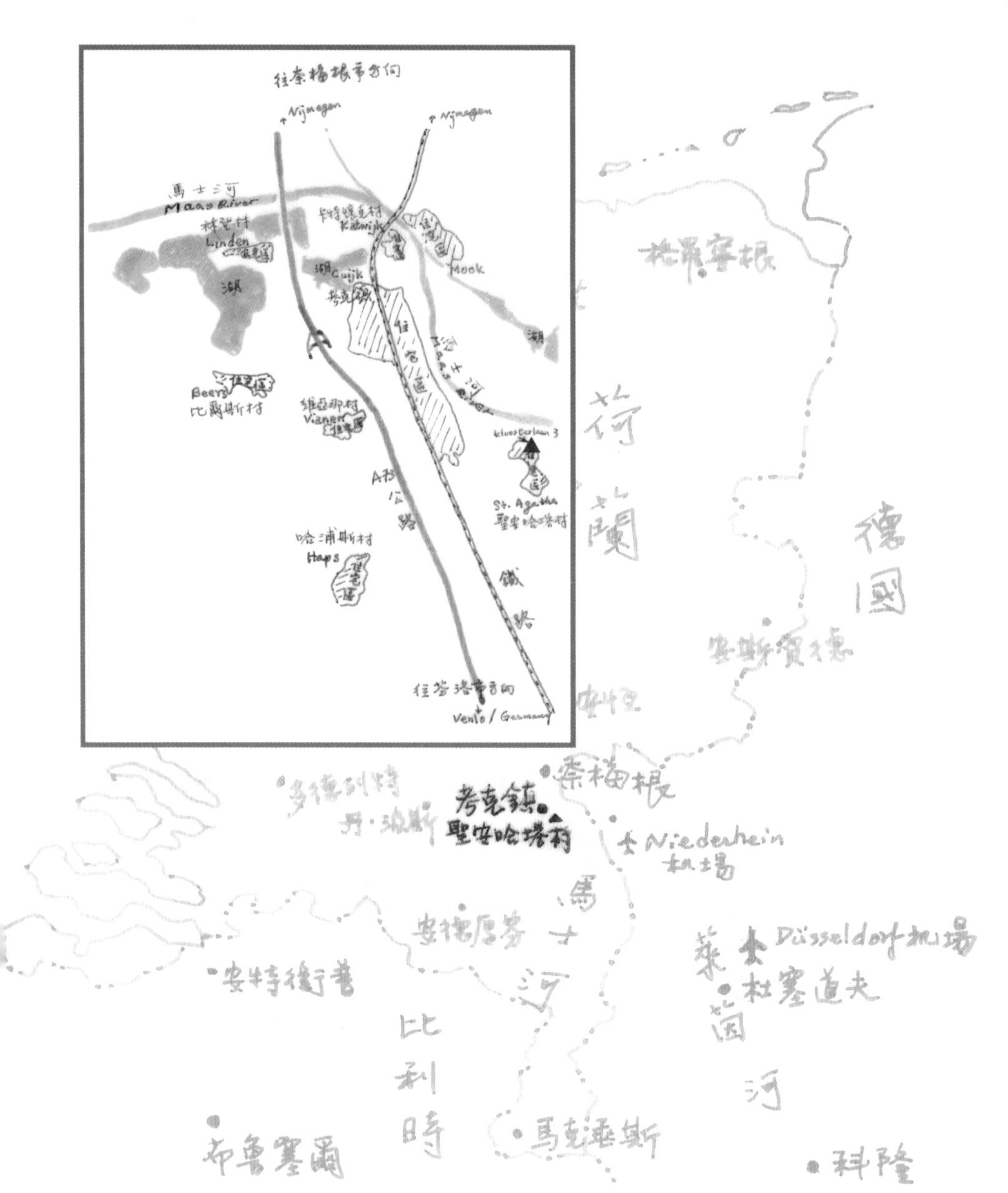

（上）考克區地圖。綠色為馬士河及湖泊，藍線為高速公路，黑白相間的線條為鐵路。紅色「▲」標示我們住家（聖．安哈塔村）的位置。

（下）荷蘭地圖。臨北海。上與北歐隔水相望，東鄰德國，南與比利時接壤。綠色線為河流，馬士河由比利時流入、萊茵河由德國流進，均在荷蘭出海。紅色點是我們住的考克區及聖．安哈塔村，位於荷蘭東部，近德國邊界。

目次 contents

小序

李歐梵

近年來，我每到歐洲開會或旅遊，如經過荷蘭，會和「養女」丘彥明夫婦通個電話，相約見個面，留下無盡溫馨的回憶。

彥明和她的夫婿唐效，住在花園王國的荷蘭也有十幾年了。我忝爲「養父」——而且是自封的，彥明將計就計，也就長年以此名稱呼我——當然有點歸家的感覺。然而這個「家」卻非同尋常，既有中國文化藝術的氣息，更與荷蘭農村的大自然渾爲一體，美得令我咋舌。

每次來到聖・安哈塔這個小村，我就覺得像黑澤明的電影《夢》中的一景一樣：我看著眼前的田園風景，不知不覺間就好像走進梵谷的一幅畫境！有了這個歐洲的「家」，再加上這對善體人意的養女夫婦隨侍在側，我豈能不認爲自己是天下最幸福的養父麼？

二十一世紀降臨，我竟然時來運轉，和玉瑩結爲夫婦，彥明無端端地多了一個「養母」，而且兩人的眞性情極爲相投，頓成莫逆之交，連唐效也受到感染，跟著叫「養母大人」，玉瑩當然更心花怒放，和這小倆口子說個不停，把我棄在一旁，偶爾想取笑一下她的廣東腔國語也插不上嘴。我們這一家四口竟然過得如此和睦歡愉，除了感謝上天賜福之外，更要感謝彥明夫婦多年來對我的關心和照顧。

於是，也像候鳥焦雄屏一樣，我和玉瑩每隔兩年，就來彥明家小住幾天，在聖・安哈塔過幾天平常日子，其樂也無窮。

然而個中樂趣，幾乎都被焦雄屏寫盡了。所不同的是：她每年冬天飛來，而我們總在春夏之間到訪，因此更享盡大地回春、百花齊放的旖旎風光。

這一次來剛好是五月中旬，恰是荷蘭春暖花開的季節，在他們後花園的草地上一坐，看著盛放的幾朵牡丹和罌粟花，呼吸著清新的空氣，舉頭望著蔚藍的晴天，眞是感到如入仙境！可惜我獨缺生花妙筆，用這個半學術半白話的文體，如何能描寫這良辰美景於萬一？

也罷，還是言歸正傳，談談這個集子中的幾篇文章。

原來此次彥明本擬出一本書，也許是內容太豐盛了——和她與唐效盡心做出的菜餚一樣——所以編者決定分爲兩集出版。前一集寫彥明夫婦如何從舒思特鎮、考克鎮搬到聖·安哈塔這個小村，購得房屋煞費周章重建愛巢的點點滴滴故事，讀來當然趣味盎然。後一集則是彥明恣意寫下在這個新家窗前和居家附近看到的大自然：從賞花進而吃花，從菜圃轉見牧場，又從牧場上的牛看到河堤上的羊，眞是人間仙境，羡煞人也。

而最令我擊賞的是〈賞鳥〉和〈觀雁〉。彥明寫景和別人不同，從不在意象上作文章，偶爾用幾個作點綴用的概括性形容詞（epithet）——如「怒髮衝冠如龐克的烏鴉」、「閃著黑色光澤羽毛的野鴿子及頸環白羽的林鴿」——也不過點到爲止，並不刻意地描繪。這和她前著《浮生悠悠》的風格並不雷同。

更令人驚嘆的是文中的細節和動感。〈觀雁〉一文，是我最喜歡的一篇。一開頭就氣勢不凡，把季節性遷移的雁群看成陣仗浩大、作軍事演習的隊伍，並由此織造它的動感和變化，再借助望遠鏡細察其不同種類，於是概括性的詞句少了，繼而代之的是極爲特殊而更多彩多姿的細節：「紅眼圈、金褐色羽毛、灰絨絨胸前印著一枚嬰兒掌大紅圓點的埃及雁」，然後又再細描下去，又發現「牠褐金色的翅膀還夾雜著散發光澤的藍色、綠色羽毛」。

讀到這類句子，我早已嘆爲觀止。彥明這種事無鉅細觀察入微的寫法，可能和她受繪畫素描訓練有關（當然她也看了不少鳥類的書）。然而如僅有細描和動感，仍不能成爲美文，有時甚至會流於瑣碎。彥明的文章之所以婉約動人，正因爲她寫的是一個個眞實的故事，毫無半點虛飾，而且到了關鍵時刻，就有一個生氣活現、生龍活虎，但仍不失睿智的夫君唐效出現，把故事帶進另一種情境。不認得我這位「賢女婿」的女讀者讀了此書，可能早已被他的魅力迷倒了！但我仍願以人格保證：彥明筆下的唐效，非但句句眞實，毫不誇張，他本人甚至較書中描述更增色三分。有如此賢婿，與有榮焉。

昨晚，我們四人從比利時的布魯塞爾駕車閒遊歸來。我們兩老已有些許倦意，不料他們小倆口兒卻趁我們休息的時辰，到菜圃走一圈採幾種新鮮蔬菜，加上自製豆腐，搭配魚、肉，在廚房切切炒炒，不一會兒工夫，就端出五碟小菜來，令我大快朵頤，倦意全失，頓覺渾身舒暢。甚至感到羅蘭巴特所謂的juissance理論也僅能表達一時閱讀之快感，卻無法形容我這份美食入肚但仍意猶未盡而更回味無窮的舒暢。

我知道，這份舒暢感，不僅是美食之賜，它更意謂著一種「簡單的樂趣」（simple pleasures），一種在返璞歸眞的生活中逐漸提煉出來的審美藝術。這種生活的藝術和情趣，當然也是彥明夫婦多年親身體驗而日積月累的成果，我只不過有幸在這個美好的時辰得以分享而已。

這篇小序，也代表我對彥明夫婦的一點由衷的謝忱。

——二〇〇四年五月二十二日
於聖・安哈塔小村彥明夫婦居所客廳

知妻莫如丈夫

唐效

與彥明第一次相遇是在倫敦。那是一九八六年的夏天，我們倆不約而同都住在聖保羅大教堂邊的青年旅社。我當時由重慶大學派出在荷蘭讀書，剛從約克城開完晶體生長國際會議無事閒逛，彥明則就職於《聯合報》，請長假在歐洲周遊，那幾天正努力地跑倫敦及近郊的文化名勝。青年旅社有青年旅社的規矩，這家的規矩是晚上十一點之前必須要回店，否則不能入住。由於我們倆都在盡力利用遊玩的時間，結果同時在關門前幾分鐘才趕回住處，這就造成了首次長談的機會。

但要說成就我們婚姻的關鍵，還得歸功於荷蘭鄉村。在英國時，彥明已到過世界上不少地方，但跑名勝、古蹟、大城、博物館的時候居多。向她提起如果有空到荷蘭，我可以帶她騎自行車逛荷蘭鄉下，這簡單的想法倒是打動了她。幾星期後，彥明在比利時表哥家等待北歐簽證，閒著無事可做的時候，想到了我的這個提議，打了通電話，第二天就坐火車到荷蘭奈梅根。我們騎車沿萊茵河河堤兜風，坐在堤邊的草地上看牛羊吃草反芻，看萊茵河上的船隻來來往往，應該就在那時吧，月下老人的紅線拴住了我們。

婚後約有十年，彥明對文字創作興趣不大；因布魯塞爾兩年油畫的訓練，再加上畫絲畫有了些心得，她創作了大量的油畫、絲畫、鋼筆畫。雖然她自己對繪畫色彩的運用頗爲自得，但就我這個外行看來，她的鋼筆畫花草最是傳神。不論在家中或外出旅行，彥明常常一畫而停不下手，往往是我打了個瞌睡或發了陣呆，她已經畫了好幾幅鋼筆畫。花園裡的每株花樹、朋友送的鮮花，絕大部分會上到她的畫紙。對於文字與繪畫她曾說：「繪畫讓我心情舒暢、愉快；而文字總有各種糾纏，或許是使命感太重了吧。」

十年作畫。因緣巧合，彥明爲《藝術家》雜誌寫了一篇關於梵谷特展的文章。從此，她好像找到了藝術與文字的結合：看特展，拍照片，讀藝術史及畫家、畫作、展覽的資料，然後寫成文字，多年下來，有好幾十篇。我常笑說，她寫展覽介紹和藝評認眞得像是寫論文，花了大量的工夫。

日常生活中，彥明人緣廣、熱心腸愛幫朋友忙，愛管閒事，對周遭的人、事、物有廣泛的興趣。村裡哪家生了個小孩、叫什麼名字，哪家又生小牛、小馬、小羊，是公或母、名兒如何，哪家加蓋房子是打了個幌子說是父母年老行動不便，得到市政府特許，其實不然……。這幾天又聽說附近有幾處玉米田的迷宮，應該如何如何好玩。

此外，彥明與我都好吃，不管南菜北味、中餐西餐，只要好的都喜歡，即使剛開始不喜歡，也會努力多試幾次，實在不行再放棄，對於喜歡的或新奇的東西，也試著自己做，如此又「發明」了不少新菜。

喜歡旅行也是彥明的一大嗜好，世界五大洲都到過。歐洲因爲國家小，距離近，更是差不多遍跑各國。由於我們沒小孩，荷蘭給員工的假期又多而無固定時間限制，心血來潮就可出去，這樣接觸面多，她的繪畫色彩不光豐富起來而且有了背景，生活上更是知足常樂，更加珍惜身邊的一切。

彥明也是個攝影愛好者。因曾修新聞，攝影不光顧到美麗、動人的鏡頭，也有很多所謂有新聞價值的東西，產量之豐，令人咋舌。兩年前購得數位相機，更是一發而不可收，兩年多下來，已拍了一萬多張相片！包括大量屋前院中，河上堤下，花開花落，更有小鳥、大雁、綿羊、乳牛、袋鼠、貓頭鷹。

彥明先後長住過台灣新營、台北，比利時布魯塞爾，美國新澤西州，及荷蘭舒思特鎮、考克鎮與聖・安哈塔村。比較起來，她對荷蘭有一種莫名的喜歡，或許因為社會發達，一切規畫有序，人們沒有太多憂慮；再一方面思想自由、開放，沒有太多強制性的規矩；更細一步，荷蘭國家雖然工業發達，農業也不落後，而且工、農、城鄉之間無論從地域、生活水平及思想方面都融爲一體，這或許是最打動彥明的地方；同時，荷蘭各地自然風光柔和而美麗，但深看進去無處不有人文的規畫，嚴格地說應是文化而非純粹的自然；又再加上荷蘭人隨和，無等級觀念的生活態度；這種環境，對彥明這樣一個集文學、藝術、園藝、家庭烹調好手、小資情調十足的人來說，有異國趣味的驚喜，無人際關係的糾絆，生活簡單又豐富，大概是最爲適合，自然如魚得水。

書中描寫的景、物、人事，絕大部分也是我自己的所觀、所見。但很多東西對我來說，看見、聽見也就過了，最多與別人描述一番，彥明卻把它們用心地記了下來，寫了出來，畫在紙上，用相機捕捉，讀來雖偶有波瀾壯闊的大起大落，更多的應是文字自然、清心的體貼與溫馨。這些若能引起讀者的喜愛，也是對我這個「栽培者」最好的回報了。

書中這個「效」，當然就是我，在書中被彥明不經意地四處亂撒、信手安插，用時非常熟練。私下想來，似乎爲文章增添了不少靈活，也許變成她無意中創出的文學新意。

聽說印刻出版社決定爲這本書採用彩色印刷，彥明非常興奮，這樣她的色彩可以躍然紙上。書出在即，想著交通、電子、通訊高度發展的今天，大家爲追求效益、擴大市場而拚命努力，忙得不可開交，但願彥明的這本書能給讀者帶來一些文學、藝術上的慰藉，帶來一點生活、一絲閒心。

——二〇〇四年八月七日於聖・安哈塔家中

夏季屋後牧場上的乳牛。

牧場上的牛

一頭雕塑公牛，鑄鐵片彎曲出造型，線條簡潔、形態大方，牠是考克區的區標幟。這頭牛曾是布魯塞爾世界博覽會荷蘭館的象徵，博覽會結束，考克區政府把這件巨型雕塑品買了下來，豎立於馬士河畔做爲區徽。

公牛雕塑恰巧位於聖・安哈塔村入村馬路口，一見到公牛，便知道進村需要偏離大馬路，拐進沿河堤的村徑。

從公牛雕塑到聖・安哈塔村中心，大約兩公里長。這條進村的路徑，左側沿著河堤，河堤與馬士河之間爲三百公尺寬的河灘地，全都種植了牧草，成爲一大片牧場。農民把這大片牧場區，用短木樁與鐵線分隔成許多塊牧地圈養乳牛。路徑的右側，路旁每隔十公尺就有一棵大樹，樹後零星散落著幾戶人家、一家煎餅店、一塊跑馬場，還可以望見一座磨麵的風車，其餘則爲農地，種植玉米和大塊根莖薯類，做爲乳牛過冬的糧食，今年分出一片玫瑰花田，花開季節路徑飄香。

屋後馬士河畔牧場上的牛。（素描）

清晰的聽見牛走動及吃草的不同聲音。
2003年5月30日
晴朗無風，開窗坐窗台上画牛

觀牛。（素描）

畫牛不易，因牠們不斷行走、擺動。精確觀察其體型與肌肉、骨骼的結構，再迅速下筆，是很有趣的素描練習。

這片河灘地是迪庸、麗特夫婦與兩個兒子約昂和赫特的牧區。村子周圍不少牧場，但屬迪庸家乳牛最多、牧地最大。

布魯克曼一家人，迪庸、麗特夫婦住在村裡耶穌雕像邊的農莊裡，門對著雕像正面。小兒子赫特與女友住在雕像背面一幢獨門獨院民宅裡，與父母的農莊僅一路之隔。大兒子約昂與妻子芬珂則住在相距約一百公尺的河堤邊牧場旁，一幢別墅型的磚造平房裡。屋前闢了個小動物園，飼養各類可愛的家禽與寵物：火雞、九斤雞、兔子、小山羊，還有一隻藍孔雀和一隻白孔雀。屋後有座花園及一大塊空曠的水泥地，而後便是兩間巨型大牛棚和貯藏牲畜糧草的大空地。我們家正好位於他們三家必經之道旁，隨時可以看見他們來去的走動。

布魯克曼家一共飼養了兩百三十頭乳牛。荷蘭政府對農民飼養乳牛的數目控制嚴格，以保證牛乳的產量與價格。有位相識的朋友，增添了好幾畝牧地，希望能多養一些乳牛，申請卻沒被批准，只有慢慢排隊耐心等待配額了。

牛奶收購公司對於牛奶質量、牛奶貯存容器品質，要求很高，定期分析檢驗，務必達到合格標準。

一頭乳牛平均一天生產四十公升的牛奶。每天早晨九點鐘，站在二樓窗前，一定可以看見布魯克曼家的乳牛，排著一列橫隊走向當天的牧地。因爲才擠過牛奶，牠們走得輕鬆愉快。乳牛隊伍基本上按擠奶的順序先後，但偶爾會看見一頭牛走著走著，突然停了下來，讓到路邊，等到閨中密友才再繼續前進。布魯克曼父子必須在乳牛外放前，先把當天牧牛的草地柵門打開，等牛全數走進牧草地後，還得再走一趟，把柵門關妥。離牛棚近的牧地，便可看見迪庸或約昂、赫特走路過去開柵門，遠些的牧地便騎自行車過去。俯看：農人持著長鞭走路、或騎自行車尾隨牛隊之後，慢慢地在一片綠草地間前行，後面有河流、船隻、大樹、村莊、遠山爲背景，多麼祥和美麗的一幅牧牛圖！

傍晚六時，牛群排隊走回牛棚擠奶。這時的乳牛，一隻隻步履蹣跚，腫漲的奶袋在四肢間沉重地搖晃。擠完奶，大約八時許，牛們再度輕盈歡快地返回牧地吃草、休息。

我問迪庸父子，招呼牧場上四散的牛群回家，用什麼特殊的口訊？

「很簡單。喊Hoy！Hoy！牠們就來了。」約昂輕鬆回答。

（左、右）馬士河對岸農莊牧場裡依序排開的牛，循規蹈矩流露著溫馴的神情。

我認識一戶牧牛人家，喊牛歸家的信號是「Kome！」，同時將字的尾音拉得特長。我曾嘗試幫著趕牛，在牧場上大聲喊叫：「Kome！Kome！」，嘹亮的聲音在廣闊的空間擴散開，牛們果然聽話地奔走過來。看著聚攏的牛群，自己既得意又神氣。

放牧時節裡，布魯克曼家人每天都得接送牛群四趟，不得間斷，也是辛苦。荷蘭人每年總要度假一至兩次，迪庸、麗特夫婦從沒出去度過假，村中的人半開玩笑說，他們愛牛勝於一切，甚至勝於兒子。舉凡聚會，他倆的話題永遠是家中的牛。但是，約昂、赫特兩兄弟每逢夏天會輪流出去度假一星期，放鬆放鬆。

布魯克曼家的乳牛，每年春暖之時，大約清明節前後，從牛棚中放牧出來，即使夜晚也露宿牧草地上。秋涼之際，十月末牛群們全被趕回牛棚中過冬，不再外出，直至次年春季。因為乳牛必得在溫暖的條件下才能多產乳汁。

牧場上的牛。（素描）
河對岸兩株高聳的樅樹與低矮的紅瓦房，加上坡地間吃草的牛，甜美的氣氛讓我擱下了吃晚餐的筷子，拿起畫筆。

春天看牛群第一次「放風」，是非常有趣的景象。每頭牛都特別興奮，不斷地叫著、跳著、跑著，沿著牧地四周的圍欄，一大圈又一大圈地轉個不停，牛與牛之間以頭部互頂打架嬉戲，瘋得很。我看得樂，布魯克曼一家可是提心吊膽，牛們第一次如此跑跳，一不小心就會跳斷腿，或拐壞了蹄，所以要想方設法把牠們的瘋勁盡量減至最低程度。這樣瘋狂的狀態大約要持續兩個多小時，才會逐漸平靜下來。

有時連續幾日，有時相距數日，會看見一輛白色小貨車停在牛棚口。車主是乳牛們的「婦產科醫生」，到牛棚來爲乳牛做「人工受精」。乳牛的懷孕期爲九個月，每次產下一頭小牛。每年乳牛都要懷胎生小牛來保持不斷地產乳。採用人工受精，因爲精準性高。我曾問過這位獸醫，他說，通常一次人工受精就可以讓牛懷孕，偶然誤失，再補行一次也就成功了。參觀他爲乳牛做人工受精的過程：右手戴上及肩長手套，取出一個盒子，戴了手套的手在盒子裡摸兩下，然後把手從牛股中伸進去搗動一番，牛大聲鳴叫。我認爲牛是受不了疼痛，而依效的看法，牠是因舒服而喊。整個過程不過數十秒鐘的事罷了。

有時看見乳牛發情，在牧草地上做出交配動作：一隻牛從另一隻牛身後搭上。

我忍不住好奇地問效，「牠們到底是學公牛、母牛的交配玩？還是牛也有同性戀？」效答道：「這問題妳得問牛，我怎麼會知道？」可惜不諳牛語。

生小牛，依我的想法應是布魯克曼家的大事；其實不然，對他們而言算是常事，三天兩頭就有小牛出世。迪庸與麗特在家中裝置了閉路電視，專門監視即將臨盆的乳牛，一有狀況，不論半夜凌晨、不管颳風下雨，他倆立即趕往牛棚。

小牛模樣可愛極了，頭小、身瘦、腿細，張著雙大眼睛，純眞無邪的神情，惹人憐愛。小牛生下來會得到名字，也會編上號碼。每頭小牛擁有各自的小牛欄，欄上掛一個桶子，裡面裝著供牠們成長的美好食物：白花花的牛奶。

其實光擠牛奶賣給奶品公司賺不了什麼錢，加賣小牛才可多得利潤。幾年前，狂牛症的陰影籠罩西歐，小牛賣不出去，布魯克曼家眞愁了一陣呢！

我沒問過麗特，她家吃的牛肉來源是自家養的牛？還是肉店買來的？

我有個要好的比利時女朋友，她的公婆擁有很大的牧場，除了畜養百多頭乳牛，也另養了幾頭供自已食用的肉牛。每回去她家拜訪，或是她們來荷蘭玩，都會送我許多牛排肉。這些牛排肉的味道鮮美極了，絕非商店購買的牛肉所能相比。透

馬士河邊春景。（油畫）
果樹花開的季節，風景是粉紅粉紅的靜美，牛群似乎也沾染了花氣，線條神情特別柔和。

過她們才知道，剛宰的牛不好吃，牛肉煮起來全是水。一定要放置一星期之後再取出食用。以前觀念錯誤，總以爲剛屠宰好的牛肉最新鮮美味呢！

知道農家的鮮奶好喝，也是從比利時女友家嘗鮮學到的。每回去她家作客，問喝什麼飲料？效與我毫不猶豫：「牛奶。」婆婆一聽可是笑瞇了眼，從冰箱取出一大壺牛奶，給我們兩人各斟一大杯。農家的鮮奶，所含的乳脂成分特別高，是一般市面全脂牛奶的三倍，難怪特別香醇。

住到聖・安哈塔村之後，我問麗特能否偶爾向她購買牛奶？「好鄰居，沒問題。」她爽快地答應。

每逢家中有遠客，我就拎著空罐子去麗特的農舍買一公升到兩公升的牛奶。每回麗特都會細心地提醒道：「用小火慢慢把牛奶熬開，免得奶漫出了鍋。」所收牛奶的錢僅市價的一半。拿了銅板她笑嘻嘻地說：「正好存作零用金。」

訪客對我特意準備待客的鮮奶，總是讚不絕口。可是，布魯克曼家的兩對年輕

牛與河對岸農莊。（素描）
遠山、農莊、樹叢、草場、牛群是我每日看不厭倦的窗景。

人不吃家中的牛奶，其一必須自己熬煮太過麻煩，其二油脂太高容易發胖，還是買超級市場的牛奶對頭。

沒料到夏天荷蘭會出現酷暑。記得十四年前初到荷蘭，一年之內只有兩天可以穿短袖襯衫。這兩、三年夏天溫度明顯升高。二〇〇二年，大約有一個月時間可穿短袖，但身上不會出汗，坐在花園內悠閒舒爽。二〇〇三年，卻足足穿了兩個多月的短袖衣衫，三個星期持續乾燥，溫度高達三十二度至三十五度攝氏，居然得取手帕拭汗。

牧場上出現了輪捲的大水管，草地早早晚晚地順序澆水，也幸虧荷蘭地下水豐沛。

牛兒們受不住烈日照曬，把牠們趕到馬士河畔有樹蔭的草場，仍是熱得不行。布魯克曼家人

牛、船與鳥。（素描）
馬士河上往來的船隻與牛群無關，黑色的寒鴉群卻喜歡和牛們湊趣，一起覓食。

採取自由民主方式，由牛們自己選擇待在牛棚內或是留在草場上。牛棚其實也頗悶熱，起初尚有不少牛選擇在草場上逗留，而後每日數目減少，有一天只剩兩頭牛願意待在河邊樹蔭下。接著，牛們的作息時刻不得不改變了，夜晚八、九點太陽西落時才趕出牛棚，放牧到草場之上，第二日十時、十一時左右則趕回牛棚之中避陽。

終於，一日上午十時許，從窗口望見牛們返回牛棚去了，唯獨一頭白底褐紋的乳牛坐臥不動。布魯克曼父子趕牠不起，知道中暑生病，急急取了鹽水吊瓶來注射點滴急救。只見一人高舉吊瓶，一人蹲著注射，二人一牛在烈陽照耀的空曠草地上，景象十分悲慘，看得心中大大不忍，卻也愛莫能助。幸好，搶救及時，折騰了許久，總算奶牛在人半推半扶之下，慢慢踱回了牛棚，我懸掛著的一顆心總算落了下來。

村子東邊有一戶養牛人家飼養的是黃牛，應該是肉用的黃牛，生下小牛並不隔離，大牛小牛在牧草地上相偎相依，溫馨的牛群圖與背後修道院的花園高樹、教堂尖頂相互呼應，更顯出小村的安寧平和。

隔著馬士河，對岸岸邊正對著我們家也是一個農莊。一塊壟起兩公尺高的平台地，種了一排大樹，樹後坐落著一幢兩層樓的磚房與幾間牲畜庫棚。每天早晚可以看見該農家豢養的乳牛群，列隊打平台上踱下斜坡在河對岸的牧草地上吃草，或是歸隊返屋。我喜歡眺望這群牛隊在坡上彎轉的景致，因爲曲線的移動，風景多了幾分婉轉嫵媚。這戶人家位居河堤之內，每年馬士河水汎，總逃不過孤立於漫水中央的命運，人畜因此數日與外界連繫斷絕。不過，年年如此，住在裡頭的人和站在對岸觀望的我，也就習以爲常安之若素了。

一個溫煦的夏日好天，莉亞約我一同到馬士河對岸騎車郊遊。路經我家對岸的農莊，我們特意彎進去打招呼，順便從河對岸回望自己的家，畫室面河的那扇大天窗特別醒目。說及淹水，女主人回憶：早些歲月眞是艱難，每日得一趟又一趟地划著小船把牛奶運送出去。於是存錢買了存放牛奶的大貯藏桶，還自家修築了擋水的河堤。經營乳

牧場上的牛。（淡彩素描）
通常牛群全部圈在一塊牧草地裡。這日牧場剛割了草，把牛分散在幾塊牧草地上，形成了不尋常的風景。

牛事業的兩兄弟，剛把防禦水患的各項設施完備沒多久，其中一人卻辛勞成疾，只好從二〇〇三年七月起，棄養乳牛改飼肉牛，減少體力的勞動量。增購的貯奶設備只能賤賣，損失頗大。「不過，人只要活著有口氣就勝過其他一切，不是嗎？」這位女主人倒是樂天知命。

荷蘭的乳牛，通常可見白底黑花紋與白底褐花紋兩類。傳說，白底褐花紋是天主教牛，白底黑花紋乃基督教牛是也。直到宗教自由，兩類乳牛才得混合餵養。布魯克曼家的乳牛參雜了白底黑花和白底褐花兩種，仔細看花斑，隻隻不一。我試著以記憶花紋來辨識各頭牛，企圖尋找出為首者，可惜記著記著自己就糊塗了，終究沒能成功。

四季觀牛，我最喜歡在秋天坐看牛群。窗外，綠色的樹葉在柔和的光線中轉紅變黃，色澤日復一日地豐美；樹木、房屋、區隔牧地的短木樁，影子紛紛落在牧草地上；早晨，陰影因日照的斜度拉得奇長，使草地增加了圖案的趣味；青綠色的牧草還泛出一層淡紅淺紫的色彩，是草株開花的顏色。乳牛們踏在各種影子之間，閒散著吃草、飲水，或坐臥休息；柔美的草花襯著牠們的四足並撫慰牠們的唇齒；樹葉悠悠地從牠們身上飄蕩過去。黑色羽翼的寒鴉藉機靠近過來，停棲在牛背之上啄食小蟲，牛便輕輕搖拍尾巴，以示舒悅與謝意。

宋朝雷震有詩〈村晚〉：「草滿池塘水滿陂，山銜落日浸寒漪；牧童歸去橫牛背，短笛無腔信口吹。」今日我站立窗前，牧草地上的牛群，頗有如此詩意，只是隨著時序轉移，到了這二十一世紀，不再見牧童短笛，詩句略動數字，吟道：「草臨河曲水滿陂，山銜落日浸寒漪；乳牛歸去牧人隨，喚聲無憑信口吹。」便是眼前這幅「村晚」的眞實寫照了。

牛與影子。（素描）早晨太陽自東方升起，土地上的景物因此一一朝西留下了影子。草場上的每一頭乳牛，擁有了各自清清楚楚的身影。

河堤上的綿羊，與遠處淡淡的霧靄。

河堤上的羊

屋後高高隆起的草坡，並不是山坡而是一條長長的河堤。

離家三百公尺遠的馬士河每年隨著河汛總會漲幾次水。搬進這幢河堤邊的房子，兩年來水位最高的時候，滾滾河水漫到了河堤邊，漲至離堤面只剩半公尺高的位置。

馬士河不淹水的時候，五至十月天暖季節，河岸至河堤的大片草地就是隔壁鄰居的牧場，放牧兩百多頭乳牛。而從村口標示牌到我們家再延伸到渡船路口這段河堤，則由約昂與芬珂向水利局承租下來，豢養了一些羊。

荷蘭水利局樂於以極少的象徵性金錢讓附近居民承租河堤，少去雇人整理的麻煩與花費。但是，河堤的作用是用來預防水患，保持堅固非常重要，因此規定租用者只能在堤上養羊。比利時友人來訪，我們得意地代以宣傳：「荷蘭政府低價租賃河堤，眞是聰明的政策。」聽此，身爲農莊之子的朋友可樂了，立刻揚著眉回道：

河堤上剛睡醒的綿羊。（素描）

「我們比利時租用河堤連象徵性租金都不需要，政府反倒付錢補貼呢！」哇！這招更厲害！

我們初搬進河堤邊住家時，約昂與芬珂在堤上養了不到十隻的山羊與綿羊。羊每日白天在河堤上吃草，晚上在堤上睡眠。因爲與羊相鄰，約昂特別仔細關照，若想餵羊兒玩，只給乾麵包，其他食物一律不給吃。

那年，曾有一陣子口蹄疫、雞瘟、狂牛症的陰影籠罩著歐洲，農家更是戒慎恐懼。約昂與芬珂過來請託，凡有朋友來訪，希望別讓那些「外人」餵羊，以策安全。後來，他們更打印了一份宣傳資料分散村裡各戶人家。

對於吃，羊是有好的記性。每次約昂或芬珂出現，羊不論離得多遠，眼睛可尖了，立刻連奔帶跑咩咩歡叫地急擁過去。

我餵了牠們一回麵包，從此每當我現身花園，牠們馬上彼此通風報訊，全數聚攏到圍籬邊來。

很快地，我意識到自己不能再請羊兒們吃「點心」了。

沿著花園與河堤交界的圍籬邊，我種了一長溜的各類蔬菜，還沒等到收穫，羊

們便不請自來地品嘗青嫩的菜葉。牠們最初只是頭頂著籬網，吃那些緊靠著圍網的菜葉，想是食髓知味，發現菜葉比青草更多汁而美味，後來索性把細窄的頭，強硬塞進網洞裡啃嚙。沒料到羊們會欣賞中國青菜到這種地步，我起先還笑著跟效說，「羊比大部分荷蘭人還懂得品嘗中國菜呢！」但，不久牠們的侵略性越演越猛，我實在無法再保持幽默感了，不免向牠們提出抗議：「太過分了吧！其實分享也無所謂，你們吃三分之一，我們吃三分之二。現在，你們吃掉我五分之四的分量，這可不行。」這些羊兒毫無表情地瞪著我，聽完埋怨，根本不予理會，又蹭著頭吃菜了。

「言教」無效，那麼來點「身教」。不再餵養牠們麵包，同時在牠們偷食菜葉時持棍恐嚇做打狀，可惜試驗幾回並不奏效，牠們似乎看穿我的「面惡心善」，照舊吃得歡。經過仔細觀察又有新發現：牠們最常聚集在種植薄荷葉與九層塔的地段旁，想是薄荷的清涼口感與九層塔的辛辣氣味，最教牠們迷戀吧！

左思右想，不好找約昂、芬珂告狀，增加「鄰居矛盾」，唯一的辦法只有增強防禦設施。買來編織細密的鐵絲網，附加在原來的籬網上。這一來，羊們果然無法把

聖・安哈塔修道院旁的山羊，隻隻有模有樣，喜歡引人注目。

頭伸進來吃食了。我正得意地笑呢，一頭山羊可是爲空氣中又飄散著陣陣薄荷香味，卻怎麼歪頭伸嘴也吃不到薄荷葉而氣急敗壞，憤恨得拚命拿頭及雙角去頂撞鐵絲網和圍杆，結果雙角被夾在網縫中，久久出不來，聲嘶力竭地怒喊。最終，我只得心不甘情不願地過去把牠拯救出來。

大雨時的羊。（素描）
狂風暴雨之際，最能看見綿羊的戰慄恐懼。

這麼一來，爲防範羊們把整片圍籬撞倒，我又得去加添支撐的木柱，所費不貲。一場不對等的「人與羊的戰爭」打得十分辛苦，勞神傷財。

時至二〇〇三年五月，爲期兩年的人羊之戰終告結束。

不知是否約昂看我加固鐵絲網，心領神會；還是羊們在沿堤的其他人家也造成了一些破壞？約昂主動在鐵絲網上加添了一條電網線。我親眼看見羊們趨近網邊，觸及電線，驚倏地回身狂奔直上堤頂。見此光景，我微微一哂，竟有一種被解放的快慰。從此，我與菜圃終於得到了安寧。

十月份，當乳牛關進牛棚準備過冬，約昂與芬珂在空出的牧場上圈出幾塊分隔，把羊分置在不同的區隔內，進行繁殖交配。區隔是爲了避免近親繁殖。

羊的妊娠期爲一百四十五天至一百五十二天。三月下旬，小羊一隻接一隻地誕生。兩年下來，約昂與芬珂的羊數已增至二十一隻了。小羊羔一離開母體，約昂與芬珂總儘速將母子清潔乾淨，送回堤上。有的母羊一胎雙胞，有的則一胎得一子。初生的羊兒大約五十公分長吧，毛毛絨絨、肥嘟肥嘟的可愛極了。每回生下小羊，若正巧我在花園裡，約昂總是喜氣洋洋地向我報信：「今早生了小羊呢，就是那

雪地上的羊，披一身厚暖富油脂的羊毛，難怪牠們不必進屋過冬。每逢冬季手足冰冷，我多希望自己是羊啊！

隻。」指著新生的羊羔讓我相認。

「下次生小羊時記得喊我看哦！」我趁機央求。

「什麼時候生小羊我也不知道，怎麼叫妳？」約昂愕然回答。

原來羊可以自然生產，不必借助於人手。往往母羊到了時候自己就在河堤上臨盆產下了小羊羔。產後，立刻帶著小寶貝在堤上走動了。有兩回，我看到股端吊著血淋淋胎盤還若無其事邁步的母羊。

約昂與芬珂替每隻羊分別取了名字，起初我還分別記認，後來，每年增添十來隻羊，羊多了也就沒再去用心記憶名字了。

小小的羊兒老蹭在母羊身畔，往母親身下蹭鑽尋奶吃。吸奶時，短短的小尾巴歡快地擺動。母羊們餵奶不太有耐心，不過一會兒工夫就回過頭來輕輕地把小羊頂開。小羊意猶未盡那肯捨棄？仍黏貼著母親要奶吃，母親便順著又給吃了幾口，然後，再把小傢伙支開。小羊初生的兩個月，我總看著牠們從早到晚追逐著母親，尋

羊與影子。（素描）
下過雪，草地蒙上一層潔淨的白色，晨光把農舍、鬼頭樹與綿羊的影子倒印在雪地上，真好看！

找每個空隙吸奶吃。

喝足了奶的小羊特別活潑，在堤上活蹦亂跳，有時還頑皮地從母親背上跳過來跳過去。一天，我在窗前賞景，正巧十二隻小羊賽跑遊戲：其中一隻小黑羊明顯是領頭者，牠夾在群中高聲咩咩一叫，開步就跑，其他同伴馬上跟隨衝刺。快跑五十至一百公尺，小黑羊一停蹄，其他羊兒也立即剎車。小黑羊環看一下四周，又仰頭一叫地回頭路奔，其餘的隨即跟進。如此往返十多回，看得我直樂，那一隻隻肥胖嘟嘟的小羊們在眼前跑過來轉過去，一點都不像羊了，好似一團團雪球在河堤上滾動過來滾動過去，好玩極了。

小羊成長得很快，兩個月後身體已是初生時的兩倍，也不再早早晚晚老黏著母親吃奶，開始學著母親低頭尋找短嫩的鮮草做食物了。

小綿羊的活潑比起小山羊可差遠了。小山羊不但會耍小綿羊的所有伎倆，還會滾圓筒、爬高與溜滑梯，花樣多極了。因此，約昂與芬珂特別在河堤上擺置了各種玩具，供小山羊嬉戲。山羊雖多雜技，但我寧可屋後河堤上只放牧綿羊。因爲山羊身上帶股特異濃厚的腥羶味，難以入鼻。

聽雨的羊。（素描）
綿羊喜歡輕柔的細雨，總會長時間站立不動，享受雨點的滋潤。

去年夏天，有一陣子幾隻山羊放牧在我們花園邊的河堤上，其中一隻小黑山羊初蹦出兩根頭角，被約昂和芬珂拿一段木條橫在頭角之間緊緊地捆綁起來，猜想是爲了整型。小黑羊頭頂著短橫木條在堤上走來走去，姿態像極了清代腳踩高底鞋、頭頂高屏的官家女子，亭亭俏麗。我特別喜歡牠的一舉頭一提足，看也看不厭。但，實在不願嗅聞那腥羶氣味，權宜變通待在屋裡，舉著望遠鏡隔著玻璃窗觀看，不免爲小黑山羊抱憾。

今年春起，花園邊河堤只放牧綿羊，因此坐在園中賞花，不必擔心沉醉花香之際，突然混入一絲羊羶異味；反而花色繽紛之中，增添綠堤白羊做爲背景，風光更加生動有趣。

綿羊們眞是安靜溫馴的小動物。平時總是安安靜靜地吃草，或是坐臥堤上休息。對於周圍的鳥群、船行，或是其他環境變化，一副事不關己的模樣。可是，久旱之後落下雨來，羊兒們竟會全數停下低頭食草的姿態，抬頭向前平視，愣愣地站立，不動不語。半小時過去、一小時過去，仍挺立如同雕像；那犯傻的模樣，彷彿走了神的哲學家。雷雨之際，一陣閃電，羊們便驚惶失措地直奔堤邊樹下，縮聚在

羊。（石頭彩畫）
蔚藍的天空飄流著雲朵，土黃色的道路，滿坡的小黃花與綿羊，住在小屋中的牧人與世無爭。

一起，眼睛流露著綠色的光，充滿著恐懼。不過，綿綿的細細春雨則是牠們的所愛，總是慵懶地在堤上或站或臥，一副怡然的姿態。牠們也不喜歡豔陽，每逢炙日高照，則齊聚樹蔭之下，厭厭地將養休憩。所以，對於大自然羊們還是充滿情緒的。

綿羊以尾型區分，有長瘦尾、脂尾、短尾和肥尾之別。觀察與我們毗鄰的綿羊應爲短尾之屬。

村中不只約昂與芬珂養羊，村口往考克鎮方向的兩公里河堤，另有村人豢養了上百隻綿羊。這些綿羊毛色多：白的、黑的、褐色的、雜色的。有幾隻白綿羊被仿造奶牛的黑白、褐白皮紋染色，想是飼主故意作趣，倒也別致。這群羊不僅毛色多，而且各種尾型的綿羊都可在牠們中間尋得。羊們在鋪設自行車與人行道的河堤間活動，不論行人或是自行車來去，對牠們而言都是當然的事，並不躲避。所以，在這段河堤上，總可以看見人騎自行車與羊同行一段，或是行人與羊嬉耍的場面。偶爾，我背著相機上堤拍攝風景，便會有幾隻特別好奇的羊，停下吃草抬頭觀看，甚至走近身邊來盯著相機研究一番。春末至秋季，天氣清朗的日子，常有許多行人

四隻不同色的羊。正是這四隻公羊，讓新生的小綿羊各自擁有不同的毛色。

在堤上散步賞景；在羊群之間穿梭自然有趣，但是，得隨時記住注意腳下，因爲到處都是一粒粒黑豆般的羊糞便，稍不留神鞋底便會中獎。

三月，有陽光的日子我走在堤上，草坡上落了一大把一大把的羊毛，我忍不住避開羊屎去撿拾羊毛。不知不覺竟撿了一大捧回家，才發現原來羊毛上頗多油脂，取來洗潔劑清理沖洗數次才不沾手。

撿回的羊毛做什麼呢？想了一想，便坐下來開始搓毛線了。用兩隻手慢慢地抽取幾股羊毛絲，邊搓邊旋轉，眞成了細條的毛線，逐漸捲成毛線球。

效下班回來，開門看見專心坐在書房搓毛線的我，不懷好意地嘲笑：「我的老天，妳在家就幹這事。嗯，撿羊毛還不如乾脆去拾羊糞，用處比較大，給家裡的植物加些肥。」

我原本如紡紗女的美麗容顏，剎那間被譏諷的言語吹走了。不肯甘休，回道：「我已經有王子了，不必再去做灰姑娘啦。」繼續搓我的毛線。

這群綿羊的長毛，四、五月間總會被剃得光溜溜。荷蘭的春天氣溫完全說不準，有時白天熱至攝氏二十五度以上，有時又只有四、五度，晚上也會出現零下的

兩隻小羊纏著母親吃奶，尾巴搖得可歡呢！

情況。每回夜裡冰凍，不免思及那些堤上精光精光的羊群，猜想牠們聚擠彼此取暖的可憐模樣。比起牠們，約昂與芬珂飼養的綿羊顯得幸福多了，被當成寵物飼養著玩，所以基本上不剃羊毛。但，不剃毛也有麻煩，天熱時，大塊大塊的毛不免掉落下來，於是身上深深淺淺、凹凹凸凸的，也不好看。前幾日，一隻綿羊毛脫落得厲害，約昂把牠背上的長毛剃掉，剩下身體兩側的長毛，看起來像女人穿著緊身衣套著毛袖肩似的，十分滑稽。我只在家中把看法說給效聽，不敢在花園望著牠笑，避免牠感覺難堪。

　另外，村裡渡船路的一戶人家，利用邊臨修道院的河堤段餵養了一些長毛山羊。這家的山羊裡有一隻特別高壯，大約一百五十公分長、一百二十公分高，頭上兩隻三稜形的角呈大鐮刀狀彎曲，白色羊毛長垂至地，遮蓋住了眼鼻，頦下鬍鬚也長達二、三十公分。這應該是隻具相當年歲了的老山羊，那一身筆直的長毛卻仍閃亮著光澤，好像日日梳洗整理似地，看起來既優雅又美麗。每次散步經過，我會停下腳步招呼牠，牠便從容踱步過來，隔著圍網相望。我喜歡看牠把前蹄搭在一塊約六十公分高的木樁上，歪著頭以長鐮刀形的角搔背上的癢，那姿態特別自在慵懶而

（背景）雪地、羊、影子與馬士河。

且舒服。望著牠，我想：作爲一隻羊，牠大約活到了屬於羊的最高境界吧！

初春樹抽嫩葉之時，朋友約了效和我到附近奈梅根市郊的公園踏青。在遼闊的公園中隨意穿梭閒蕩，竟遇見了百來隻白色綿羊，在樹林間與草地上遊走吃草。一位年輕高瘦的牧羊人持著細竹竿跟隨在側。因有羊，公園增添了流動的風景，把人工的雕琢野趣化了。

公園管理部門把草地租給牧羊人，並不單爲省去大樹林中剪草的煩瑣與不易，更重要的是隨著羊的遊牧，牠們身上會沾帶來各類花草種子，讓園內的植物藉此豐富起來。

正值黃昏，牧人得趕羊回家了。溜去玩水逗鳥的牧羊犬適時復返，左奔右跑把四散的羊們聚攏；還盡責地彎下水塘蘆草內、土坡灌木叢中搜尋，看有無失落的羊隻。確定群羊全在一片草場上集合了，這隻聰明靈活的牧羊犬便蹲坐羊後方略事喘息，並轉頭向主人報功。牧羊人拎起黑背包，不疾不徐地走近愛犬，撫拍牠色澤光亮的皮毛，一人一狗外加另一隻狗伴，催趕羊群往歸程方向緩緩離去。我望著逐漸消逝的春歸景象，癡迷得久久回不過神來。

牧羊犬機靈的把四散的綿羊趕聚起來。

歸程。傍晚，奈梅根市郊 Dukenburg 公園中，年輕的牧羊人與牧羊犬趕著羊群回家。

一些朋友來訪，看見屋後堤上的羊群，兩隻眼睛裡立刻閃亮「北京東來順」的招牌，攛掇我們自己養羊：「自己飼養的羊羔拿來涮羊肉、烤全羊，或者烤羊肉串兒，味道一定特別鮮美。養羊又不費事，放著吃草罷了。」我們姑且聽之，自己豢

養的羊豈會忍心啖食之？倘若爲滿足口欲，寧可去超級市場、土耳其店購買新鮮羊肉。去年冬天，發現遠從紐西蘭進口的小羊腿肉，切薄片製作涮羊肉比較「東來順」也不遜色。屋後河堤上的羊還是留下來權充風景吧，誰教見面有情呢?!

今年四月底，約昂與芬珂特別挑了個好天氣的星期六訂爲「小羊日」，請來全村的小朋友與新生的小羊一起玩耍。小孩子興奮，小羊們更興奮。兩邊的家長都被閒置一側，卻毫不以爲意。孩子們的父親趁空在草地上歇著，曬太陽喝啤酒，母親則參觀養羊人家生產出的毛線和塡充椅墊的羊毛團。母羊呢，當然照舊低頭吃牠們的青草囉。

此刻，我坐在電腦前寫羊，時間是正午，藍天白雲太陽豔豔，我知道羊們一定坐臥在樹蔭下乘涼。倘若知道寫的是牠們，會是什麼反應？或許是淡漠一笑，「眞笨，不就是每日吃草睡覺的事，犯得著在這麼舒爽的日子裡費心神去寫？還不如無所事事地享受好天氣的悠閒呢！」

（右）河堤上的羊。（攝影、素描）
畫綿羊其實就是畫大圈的羊毛與牠一張伸出耳朵的倒三角形頭部。最懶的小黑羊，每天總想方設法爬上媽媽的背上趴著睡覺，厚絨絨的羊毛墊子當然舒服。瞧牠和媽媽那付親暱的模樣。

冬日，雁群飛越考克鎮雙尖教堂。

觀雁

澄藍的天空，剎時黑雲般翻騰席捲而來鋪天蓋地的鳥群，嘎嘎鳴叫，盤旋迴轉。自遠而近、從高向下，速度由急漸緩，終於一隻隻大雁列隊在眼前，等時等距地雙蹼滑落草地，站穩了肥厚的身子，搧了搧伸展的雙翼，從容地收摺回背羽之上。

四面八方會集而至的雁群，像從事一場巨型空軍軍事操練。戰鬥機群在總司令指揮號令之下，自不同的空軍基地起飛，朝向目標地點集合。一路機群或呈一字形、或呈人字形飛翔，紀律嚴明。在規定落點安全降落之後，彼此交流情報，討論任務，而後補給油料及食物。終於，總司令完成布陣調兵遣將，一聲令下，戰鬥行動開始，所有機群在各隊隊長引導之下，同時起飛升空，在空中數度盤旋，凝聚默契，同聲高呼後，隊伍彼此穿梭，相互告別珍重。隨後，轉向攻擊目標凌霄散去。

從沒料到自己會站在家中的窗前，像閱兵似地觀覽雁群如此浩大的陣仗。

曾看到無以數計的雁群，是五、六年前一次偶然的巧遇。記得帶曉光去荷蘭填海而成的新地遊玩，去到一處沼澤，覺得風景如畫。下車閒逛，沒想到驚動成百上千的雁群，忽地從腳前水草地拔起，展翅如箭陣般彈飛而去。我們愕然嚇了一跳，繼而驚喜萬分。僅僅數秒鐘的變化，一片寧馨的風景，倏乎颳起一陣雁潮，隨之蹤影杳然，復歸平靜。多年來，這幅景象一直留存腦海中，每回與效、曉光憶及此一剎那，天地爲之一動的壯麗，總是嘖嘖稱奇。

自窗前看見成千上萬的海鷗飛翔，宛如白色輕紗在眼前飄浮款擺，並非奇觀。每年馬士河水漲落之際，或是秋末初春之時，總可以看到數次這樣優美的景致。而千軍萬馬般的大隊雁陣景象則屬頭遭，嘆爲觀止。

住進聖·安哈塔村，透過居家的後窗，牧草地、馬士河、對岸的河堤、農莊、教堂、住家、樹叢、遠山一覽無疑。

居家，不時以望遠鏡從窗戶觀察各種鳥類、過往的船隻，以及夜晚的星空。望遠鏡倍數不敷使用，便添置新鏡。如今裝備有：8×23、10×50、20×60 三種倍數的望遠鏡，外加一架天文望遠鏡；但效仍嫌不足，仍在挑選解析度更高的機種。

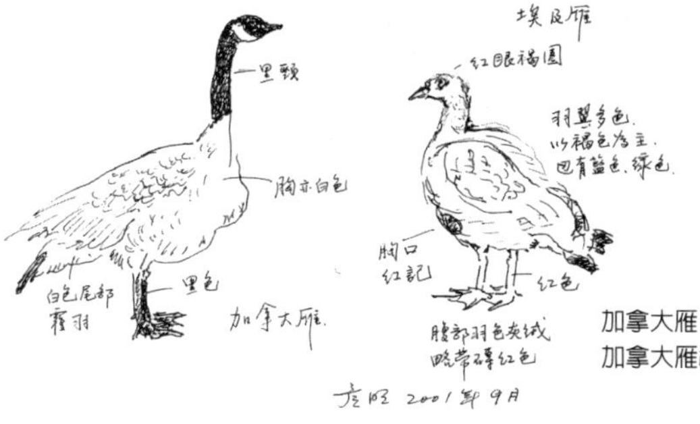

加拿大雁、埃及雁。（素描）
加拿大雁神態挺拔自在，埃及雁因一圈紅眼圈而楚楚動人。

第一次見到窗外草場有幾個黑點，以望遠鏡證實為大雁，興奮了許久。時值二〇〇一年九月，念起南飛的雁，想來是長途跋涉的行旅。果然，陸陸續續在這個秋天見到了多次雁陣路過。

借助於望遠鏡，我觀察出雁類的不同。買來各種鳥類圖書研究比較，認識了紅眼圈、金褐色羽毛、灰絨絨胸前印著一枚嬰兒掌大紅圓點的埃及雁。細看，牠褐金色的翅膀還夾雜著散發光澤的藍色、綠色羽毛。

知道了黑頭白頸、黑色細長脖子、淡灰白色腹部、黑色羽翼的加拿大雁。

還注意到了印度雁的存在，白色的頭羽，近眼處有兩道橫斜的黑色羽紋；頸子前後兩面均覆黑羽，左右兩側卻覆白羽；翅膀灰色與白色相間，腹部雪白；尾羽黑色和淡灰、白色羽毛相錯。

灰雁喙及腳都呈金黃色，淡灰褐色的絨毛，頸羽帶黑紋，翼翅也是較黑褐色的羽毛。牠與加拿大雁飛行時類似，多排列為一字或V字形。

天鵝是老相識，修長的細頸、純白的羽毛，怎麼看就怎麼地優雅嫻靜。偶然也會見到黑天鵝，黑色的羽毛閃亮著光澤，喙呈鮮紅色，特別醒目好看。

加拿大雁是近身不得的，向牠們走去，牠們立時躲閃得遠一些。

閱讀相關資料，了解到灰雁棲於俄羅斯北部、西伯利亞北部外，遍布歐亞大陸；往南到非洲北部、伊朗、印度和中國過冬。加拿大雁繁殖於北美洲和西伯利亞東部；南移到新墨西哥州、中國東部和日本過冬，已被引入歐洲西北部。印度雁則來自於喜馬拉雅山高山地域。埃及雁分布於尼羅河上游河谷及撒哈拉以南的非洲地區，後引入英國。天鵝原本就散布於歐亞大陸，是雁類中體積最大也是最重的游禽。埃及雁雖稱之為雁，實屬麻鴨的一種。想想牠的短脖子確是只能稱之為鴨，而不能歸類於雁。

次年冬天，在窗外的草場上再見這些雁鴨，頗生疑惑。寒冷的荷蘭冬天，怎麼這些鳥禽還沒移棲溫暖的南方，究竟什麼事物繫絆了牠們的腳程？不免為之心生焦慮。

研究後方知自己多慮。事實上候鳥的遷移，主要是因為原駐地食物的短缺。牠們主要以水生植物、莖葉、青草、地下根莖類為食。只要移轉至可以覓食生存的地方即可。寒冷並非遷徙的眞正動機。

二〇〇三年二月八日，星期六。中午，正在廚房準備中餐。聽聞樓上傳來效急促的呼喊：「趕快來看，快點來，快點、快！」音調特別興奮。

分辨語調，知道他一定是看見了什麼新奇東西。生怕錯過，也顧不得火上煮了一半的菜，立即爐火一熄奔跑上樓。

效正站在工作室大天窗前，舉著錄影機拍攝。我順著鏡頭的方向往外看去，離窗左邊約一百公尺的草場上，停滿了黑壓壓的一片雁群。

我忙取過望遠鏡，清晰地看見雁們有的在青草地上或臥、或行，有的低頭嚙草、有的梳理羽翼、有的舒鬆腳蹼，也有的彼此追逐嬉戲。不久，嘎嘎嘎的雁聲又由模糊漸清晰，遠遠的山邊再度飛過來一群雁陣。不一會兒，考克鎮教堂尖頂出現幾條黑色一字形、V字形隊伍。同時，右邊河對岸小村上空又出現幾波黑雁。四面八方的藍天就這麼無端端平地響起一陣雷似地乍現千萬隻大雁，匯聚到窗邊草場上。主要是加拿大雁群，夾雜著少數的埃及雁、印度雁及灰雁，團圓過年般地喳喳喳嘴裡說著不停，熱鬧得不得了。

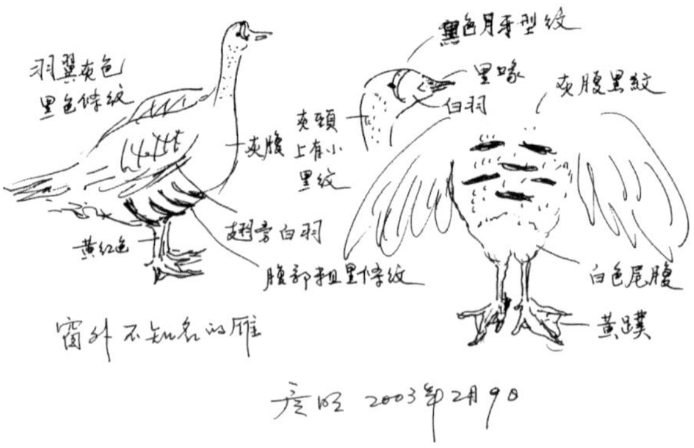

窗外不知名的雁。（素描）
看見窗外來了模樣不同的雁，趕緊取高倍望遠鏡觀察細節，同時素描下來，以便查證。

大雁們居然在這塊數百平方公尺草地上停棲了整個下午。效與我觀雁觀足了癮，除了錄影，還以數位相機拍攝照片和短短的影片，也取出長鏡頭相機捕捉精采鏡頭。

天黑了，再也無法觀雁，而呱叫的雁聲也逐漸淡化，終至復歸寧靜。牠們還在草地上嗎？

這夜天上無星，遠方考克教堂的投射燈光也照不到這片草地。漆黑的草場，我再怎麼張開了眼睛放大瞳孔，也看不出所以然來。

睡前，特意再開窗聽聽有無雁語。四周一片俱寂。

「也許牠們睡了吧！」效說。我點點頭，重新關好窗戶。

牠們就在離我床頭不遠的草地上酣睡呢！零下四、五度的夜晚，牠們會擠在一起互相取暖嗎？明日早晨能與牠們再相見？……絮絮叨叨地在枕上和效說著、說著，不知不覺間也就入夢了。

清晨一睜眼，衣服沒來得及穿暖，已經赤足跑到盥洗室的窗檯前了。

唉呀！這些大雁們可起得真早，居然已經轉移陣地，搬遷到我們窗外左邊的幾

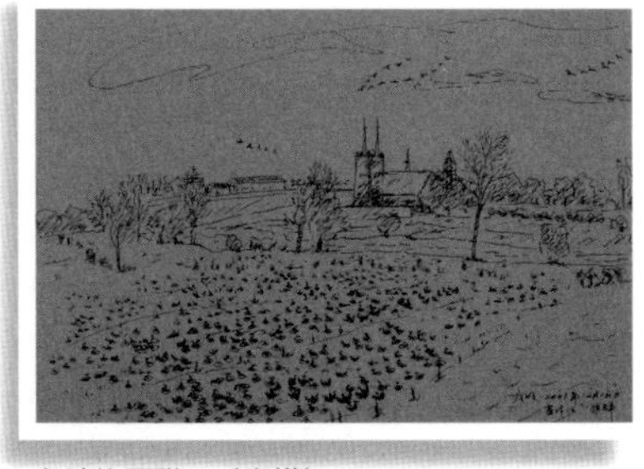

窗外的雁群。（素描）
大雁由點成線，繼而成面。鋪天蓋地的雁，聒噪極了。

片草地上了。牠們幾乎就直接在我的眼皮底下。端看此情此景，我幾乎喘不過氣來，上萬隻的雁群就在屋後，與我們家只隔了一道河堤爲鄰。換句話說，當我還在睡眠時，牠們已經悄悄在我的頭頂處遊蕩許久了呢！

顧不及應該先多添衣褲禦寒，最直接的反應：取攝影機、數位相機、長鏡頭相機拍攝這千載難逢的奇景。

也不知過了多少時候，聽見效從臥室喊我。返身回臥室，顫聲對他說道：「大雁們全在我們家後面。」

「眞的？」他突然睜亮閉著的雙眼，「那我立馬起來，妳以爲我會做睡懶覺的大傻瓜嗎？妳，快點穿衣服，別受涼了。」

雁與我們如此地貼近，可以更仔細地觀賞。發現，除了以前看過的大雁外，還有一種雁是我不曾見到的：黃色的喙，頭部羽毛爲灰色，唯眼與喙間羽色有異——前端爲呈半月型的白羽，後面爲呈月牙型的黑羽。頭部主要是短小的灰羽覆蓋，有些地方閃耀著淡灰磚紅的色澤，近頭部間雜著許多細小黑紋。灰色的腹部像斑馬似地橫生著數條粗黑羽紋，近尾部則是一片白羽。翅膀收置時與腹部邊緣會現出一道

灰雁飛去，可否請問飛向何方？

灰雁停落在屋後的牧場上，休息、覓食，順便聊聊天。

白色羽毛；展翅時，灰色羽翼偶現織線般的黑紋。橘紅色的雁腳雖細瘦，卻平穩地撐住厚實的身體，佇立草地之上。扁平的蹼面則呈明黃色。

翻查了手邊所有鳥類書籍，竟找不著這樣羽色的大雁。由於身型、喙、腳、主要羽色與灰雁相似，頸部也都帶紋，飛行亦呈一字或V字形。也許牠們是另一類灰雁？或是灰雁與其他雁類雜交後的新品種？

最令我著迷的是大雁梳翅的動作，每次總會看得發愣。當大雁把頸子回轉過去，以喙輕輕挑理翅羽時，柔軟的頸部不時變換出各種優美的曲線。另外，則是大雁一腳直立，另一腳往後拉伸，開展半邊翅膀呈現扇狀，以拉伸的蹼尖梳整張開的翅羽；這眞是美妙的舞蹈動作，既有力度又包含了自然流暢的溫柔線條，還有一分慵懶的韻致，百看不厭哪！

屋後河堤與馬士河之間的牧草，農家以短木樁與鐵絲分隔圈圍出大大小小的牧場。夏天，奶牛就在這些牧場間轉換吃草。這時節，奶牛們留在牛棚中過冬，只有幾隻胖嘟嘟的綿羊放牧在緊臨農家和我們家之間的牧場裡。

大雁們這一日再怎麼停棲，都堅守停降在與羊群隔離的兩邊牧場上，絕對不跨

春汛。馬士河漲水，漫至屋後堤畔。野鴨飛來，成行戲水，遂成了風景。

越過欄界一步到牧羊的地界裡來。原來雁們性情孤僻，不喜歡與其他動物混雜作伴。

而綿羊們更高傲了，不理會再多雁群停棲成了僅一欄之隔的鄰居，不論雁群再如何喧囂嘈雜，完全與羊們無關。牠們只顧低頭吃草，偶爾邁上一小步換換位置，也懶得抬一下頭。吃飽了臥下休息，眼睛也無意朝雁群瞟看。相較之下，羊們真像一個個老僧，效與我則是大驚小怪的凡塵之人。

再隔一夜，雁群挪移至農家屋後的牧場去了，從窗戶只能看見一小部分的雁影。

又一日，不見雁蹤，猜想這季的雁鳥應該離開馬士河這片河灘草場了吧！

孰料一星期之後，上午坐在家中寫作，忽聞嘎！嘎！嘎！嘎！的熟悉雁聲，那麼清楚、那麼嘹亮。立即擲筆走到窗前，龐大雁群一陣接一陣從四面八方飛來，紛紛朝村頭方向集中，在距離我們家約三百公尺的左側牧草地上停降。十點多時，粗估停棲的大雁數目大約千來隻，至午時已是數萬隻了。

觀雁，久而久之熟習了牠們飛降的方式：隊長以一長聲加三短聲的鳴叫，發出

冬日，群雁自窗前飛過，恍如轟炸機群。

訊號之後，一字形或V字形的整齊隊伍隨即解散，雁們開始在降落地點的上空自由盤繞，有的畫大圈、有的畫小圈，繞圈的過程之中逐漸往地面低下，終於四隻一組、六隻一組的，分別同時等距著地，完成長途飛翔的安全降落。

看著大雁的轉圈低降，詩詞裡描述鳥「繞樹三匝」的字句馬上出現在腦際。「繞樹三匝」多美的字詞，此時大雁在河邊大樹上端旋繞，朝大樹旁的牧草地降落，不正表現了字面意象?!

大雁在村頭停棲的兩日，用望遠鏡觀雁總嫌不足。雖然天凍風寒，還是忍不住背了相機與攝影機，全副武裝地朝村前河堤上走去。

我盡可能地朝雁群慢慢移近。距離剩約十公尺時，牠們便表情驚懼地互相擠聚著往遠處移動一點過去，等我再向前走近一步，牠們趕緊往遠處更加退後幾步。見牠們惶恐，心也不忍，往前走幾步後便停了下來，與牠們維持一定的距離對望。

這次所見的數萬大雁主要是腹部有黑色斑紋的大雁，一小部分是灰雁，其他零星可見幾隻埃及雁夾雜其中。

如此近距離與雁長時間相處，是一種很特殊的經驗。我安安靜靜地坐在河堤

（左）已近夜幕，天昏昏欲暗，大群的雁陣從山那頭越過林叢飛過來。有種希區考克電影的幻覺。

上，離我十公尺的牧草地上開始停滿雁群，一直延伸到三百公尺外的馬士河畔。牠們聒噪極了，不曾歇息地說個不停，你說、我說、他說，不肯相讓地搶著說話，一點也不顯飛行的疲態。可惜不諳鳥語，否則應該可以聽到許多傳奇的故事，牠們飛經那麼多、那麼遠的地方，見識過多少世間的喜怒哀樂啊！

上帝玩魔術似地，沿著空曠天空的遠方，點開一朵朵煙花，煙花散開化分成許多閃亮的黑點，黑點又聚攏成雁群，不斷從天邊飛來，在眼前陸續降落。

仰起頭，有些雁群就在我臉龐上方五、六十公分處飛旋。張開雙翅飛翔的雁那麼龐大，幾乎有我張開雙臂的寬度呢！那腹部裝飾著黑紋的大雁，飛翔時腹尾的白色特別醒目；而埃及雁飛行時，原本收斂時呈褐色帶亮彩的雙翅，顯露出雪白色羽毛帶著烏黑色翅尖的翅背，黑白分明地搧動。

雁群除了不停地在草場降落下來；也不斷從草地上飛離，變換

陣地在附近的牧草場上繼續休息覓食，或成群結隊遠飛而去。因距離近，看清牠們起飛時，首先雙翅一搧一搧向前快跑數步，而後突然身體往上空斜衝出去。就在這時，見到大雁尾部拉著一股白色的氣流升起，像飛機機尾噴射出長長的煙氣，大約有二十公分長；隨著大雁的飛行，白煙不斷地往上升、往遠離散。

久久坐在河堤上觀雁，不時有村人騎自行車從堤上或堤下經過。他們大約對大雁已是司空見慣，並不特意停留，見我則會心一笑打個招呼，繼續朝前趕路。偶爾有調皮人經過，噘起嘴發出怪異的聲響，同時雙手攤離自行車手把，由下往上、自內向外朝大雁舞動。果然較近處的大片雁群驚嚇著了，紛紛衝飛而起。看見漫天惶恐飛動的雁群，鬧事人可得意了，雙手重新搭回車把上，露齒而笑神氣十足。被驚起的雁群，發現竟是一樁玩笑，過一陣子便放心地重新返回草場，只是這次小心地往略遠一些的地方停靠。

接下數日，每天早晨九點至十點之間，總會看見一群群的大雁列隊打遠方而來，經窗前飛過，只是不再停留，一逕往考克鎮教堂後的天邊、或是河對岸遠遠的山後飛去。

大雁飛啊！大雁飛。我把盤旋過家門的滿天大雁攝成影像，牢記心裡。只是作為過客的牠們，是否把我放在心上？

一日抬頭，見到V字形的雁陣，一個V字套一個V字地飛著，幾十個V字在湛藍的天空帶著速度向前穿梭，像肌肉飽滿的神箭手拉滿了弓弦，嗖！嗖！嗖！一枝緊接一枝發射出的箭矢，壯美至極。

二月底，偶然見到一、二群雁在清晨或傍晚間飛過，寥寥數陣點綴著空蕩的天空，還眞有些畢竟曲終人散的滄桑之感。

三月了，隨著時序，風寒冰凍已過。天變高了，陽光也多了，常常可見絢爛的晚霞。雪鐘花綻出了一朵朵垂吊的白色小花，龍膽花紫色、黃色開滿遍地。海鷗們飛來了，天天與綿羊擠在同一塊牧場上覓食，木鴿、黑鴉、喜鵲、斑鳩、麻雀……也全鑽出來了，在我眼前歡快地啾叫飛翔。

雁們，除卻幾隻白天鵝不時在窗外馬士河上漂游，其餘的大雁反倒眞正離去了，不再聽見嘎嘎的鳴叫，也不再看見一字形或V字形的航行隊伍。

此時，牠們旅行到哪兒了？有誰能告訴我呢？

馬士河漲水，群鳥飛來戲水覓食。

賞鳥

春天了！太陽溫煦地照耀著，從窗戶往外望去，遠遠群樹綻出嫩青色的葉芽，間夾其中的櫻花樹開滿了團團的粉紅色花朵。低頭則見近處花園池塘凍結的冰融化了，整個冬天躲在水底深處的魚兒，偶然浮游了上來，眼前便會倏忽閃過幾道霞光。天暖而晴，小鳥們可開心了，一大早就在窗外嘰嘰啾啾地既唱又說。

周末，我站在浴室的盥洗檯前洗臉，效正對著鏡子刷牙。突然，他轉過身子狐疑地望著我：

「妳怎麼是先洗臉，不是先刷牙？」臉上的表情是不相信結婚多年而竟不知我有如此習慣。

「先洗臉才看得清楚窗外的小鳥呀！盥洗檯特意設計裝在窗前不就爲了看風景？洗完臉，頭腦、眼睛都清晰了，然後慢慢刷牙，觀看窗外，多享受！」我得意地描述自己歸納出的梳洗方式。

「刷完牙，嘴邊是髒的呀！」

「拜託，再拿毛巾抹一下不就得了。千萬不能辜負好風景。」心想，怎麼這樣容易的變通也轉不過彎來？

依我的觀察經驗，只要天晴，每天早晨十點鐘以前，附近的鳥們都會在屋後的河堤上、草場上或是屋旁的花園裡尋找食物。過了十點，鳥跡則減少許多，須至傍晚才會增多。

就在每日清晨刷牙的時候，我認識了不少的鳥類。

三月底，當所有雁類、鷗鳥的停棲、過境成爲過去，四月份的暖春，宣告著各種雀類以及部分非雀類小型鳥的接踵而至。

春天，最先飛落河堤與草場的是鴿子。

周圍常見的有三種鴿子，分別是斑尾林鴿和兩種野鴿。

灰色，頸背閃著銀藍色鱗片般羽毛的野鴿，荷蘭人叫牠們「城市野鴿」。因爲大城市的廣場也常見到這類野鴿。牠們不怕人，總在人群中覓食，甚或飛至人手中啄食。

另一種野鴿，也閃著紫灰色具光澤的羽毛，但眼睛帶紅色，翅膀為黑白相間的花紋，以空樹為巢，荷蘭人便叫之「樹洞野鴿」。這種野鴿由名稱便知常在鄉林野外活動，我們家花園樹籬外有好幾棵大樹，那是牠們喜歡的去處，常常站在枝頭搧翅歇息，三三兩兩咕咕地閒話著。

斑尾林鴿極易辨認，灰色的身羽、黃色的眼睛、頸背有一道明顯的白色環紋羽毛。

三種鴿子都在家附近築巢，所以總在牧場上、村裡的樹上活動，很有一批數目，在周圍的鳥群裡，應該算是有勢力的一支吧！

緊跟隨鴿子出現的是漆黑聒噪、怒髮沖冠如龐克的烏鴉，喜食腐肉的習性讓牠們更顯邪惡不潔。食腐肉烏鴉喜歡停棲在緊靠花園圍籬外的幾棵大樹上。

另一種恍若頭戴小黑帽的烏鴉類，名字好聽，稱作「寒鴉」，看起來就順眼多了。效評論寒鴉飛翔的姿態最美，不必不斷地搧動翅膀，翱翔時伸展開的雙翼尾端還略略往上翹起，非常帥氣。

鸕鶿停佇在馬士河畔，專注的凝視水中的動靜。這一對是獵魚高手。

小寒鴉不知天高地厚，有時飛停在乳牛的背上，在牛身上找蟲子。也見過牠們停落在綿羊身上。牛、羊都是馴良的動物，不吭不響地縱容小寒鴉停棲頭頂、背上。

一日，效在花園涼亭裡拾到一隻死去的寒鴉，因此我們得以細細觀看牠的模樣。在胸前看到一個子彈洞和凝固的血跡，可憐的鳥是被獵槍擊中。牠的羽毛不只烏黑，還閃爍著深藍紫與深藍綠的光澤。我們在牡丹花圃裡挖出一個深坑，把牠埋了進去。

屋後車棚與貯藏室之間有一塊二十平方公尺的石板地。十月，常常可在地上拾到新鮮核桃。原來寒鴉聰明，銜了核桃飛到我們家這塊隱蔽的角落，自空中將核桃擲下，果殼迸裂，牠們便享受了核桃仁的美味。正因如此，秋天，這方院子總是布滿裂開的空核桃殼。但，其中有些核桃在地上滾了幾下並不裂開，就成了效與我的點心。我們曾有一日撿到十多粒核桃的紀錄。

弟弟的兩個兒子聽說核桃的故事，通電話時羨慕地講：「姑姑！鳥都送核桃給你們吃對不對？」

「是啊！鳥採核桃送來給姑姑吃呢！」我幸福地回答。

然後，黃眼圈、黃喙黑羽的歐亞型鶇鳥出現了，站在瓦緣邊，啼聲婉轉多變。當然，這是公鳥。母鳥沒公鳥好看，羽色灰褐灰褐的，一點也不起眼。常見母鳥在堤上跳著、走著，倒沒聽見牠的鳴叫。老見牠們在屋子四周遊轉，猜想鳥巢築在附近。撥開屋後的一排柏樹枝，果然乾草混合著一些泥坯，夾在幾根柏枝杈上，形成了鳥巢。母鳥生下了一只天藍色帶褐點的鳥蛋躺在鳥巢正中心。

一般而言，鶇鳥會產五至六只蛋。我們找到鳥巢恰是時候，第二日巢中果然又多出了一只蛋。第三日，走近瞧，已經有三只蛋了。第四日，奇怪，怎地只剩一只蛋呢？轉過柏樹背後，看見地上破碎的鳥殼

比利時亞耳丁高地接連數日大雨之後，屋後的馬士河開始漲水。河水向兩岸漫出，望出去原本的牧場變成了一泓廣闊的湖泊，樂了愛水的鷗鳥。

和蛋液。被貓偷襲了？不像。再仔細觀察偏斜的鳥巢，不禁嘆息，鳥兒沒把窩架穩，孵蛋時重心不穩，巢便傾斜導致蛋落跌碎的悲劇。效取來一根木椿增強支架，再拿鐵絲把周圍的細柏枝捆成一圈，穩固地承托住鳥巢。隔日再看，巢邊多鋪了一些新乾草，效與我欣慰地相視而笑。只是再經一日，居然那倖存的鳥蛋不翼而飛，鶇鳥夫婦也失去了身影。

事隔兩月，在屋後河堤上又見到一對鶇鳥，只是不敢相認是否舊識。

黃喙紅腳，黑羽閃著油亮的紫色、綠色光澤，腹部還綴滿白珍珠點的歐洲八哥，在屋後屯積的瓦片堆上築了一個鳥窩，裡面躺著好幾粒藍色的鳥蛋。大約兩星期小鳥孵出。我們曾爬高去逗小鳥，牠們閉著眼，感應到接近的手指，誤以爲食物來了，全把小嘴

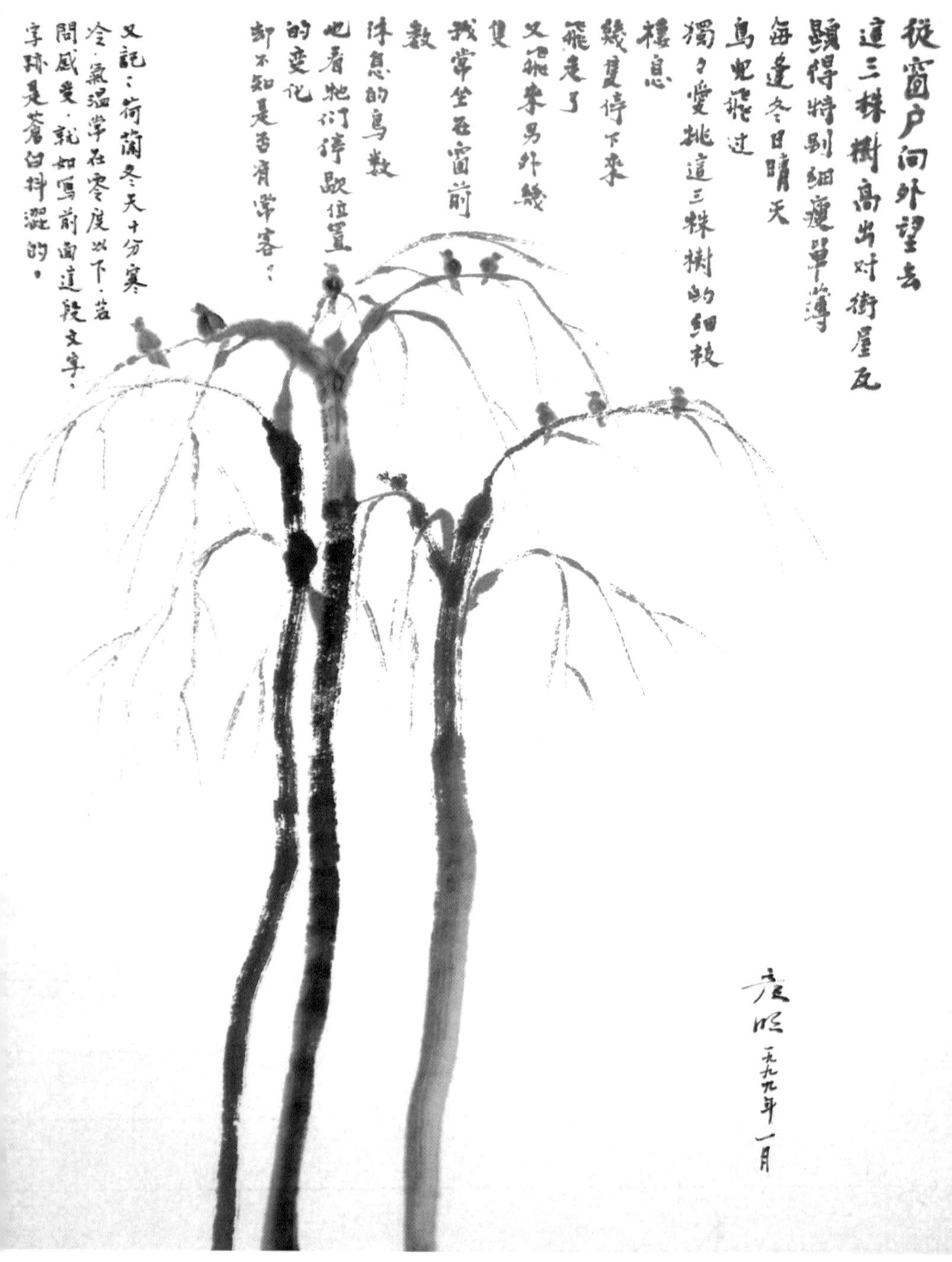
從窗戶向外望去
這三株樹高出對街屋瓦
顯得特別細瘦單薄
每逢冬日晴天
鳥兒飛过
獨〻愛挑這三株樹的細枝
棲息
幾隻停下來
飛走了
又飛來另外幾
隻
我常坐在窗前
數
休息的鳥數
也看牠們停歇位置
的變化
卻不知是否有常客？
又記：荷蘭冬天十分寒
冷，氣溫常在零度以下。若
問感受，就如寫前面這段文字，
字跡是蒼白抖澀的。
一九九九年一月

張得大大的，久久發現沒食物進嘴，才不甘心地合起喙來。

又兩星期幼鳥長成飛走了。時過不久，重整那堆舊瓦片，把空下的鳥窩取了下來，發現巢底居然臥著一只沒孵出的鳥蛋，我們連蛋帶巢放在貯藏室的置物架上做爲紀念。

台灣的八哥很會模仿人說話。效陪我回台灣，第一句台語居然是從八哥口中學得。一天清晨，他突然冒出台語「我會講話」四個字，問我：「這是什麼意思？」

歐洲八哥也會學舌嗎？有時見到歐洲八哥站在簷邊，我們便對著牠們努力地重複喊著：「你好！你好！」可惜牠並不理會。有回，去一座古堡花園玩耍，園內養了一籠歐洲八哥，牠們倒是「哈囉，哈囉」叫得頂歡。

也曾在院中見到比歐洲八哥略大些，腹部無珠點的黑八哥。但無特別記事。

歌鶇，黃褐色背羽，白色腹部上散布著褐色大花點。牠站立的姿勢特別筆直，我喜歡看牠們在地上走跳，正像小說裡描述的殭屍跳步。

我走進花園，刷的一聲，池塘邊振飛起一隻鷺鷥，沖天而去。心中暗道不好，忙踱到池邊觀望。幸好出來及時，魚兒尚未遭殃。

（右）鳥與樹。（水墨）
（左）雪地上覓食的小辮鴴鳥。

許多人家池塘上會蒙上細網防止鷺鷥的侵襲。荷蘭有不少蒼鷺，黃色細長而尖的喙，白色的頭頂自眼眉各有一條向後垂落的黑羽絲，延伸至細長頸子的底部。頸子內側黑羽絲和白羽絲如流蘇般交錯懸垂，翅膀是淺灰色的羽毛，羽尾帶點黑色。兩隻腿細瘦而長也呈黃色。凡經牠們瀏覽過的池塘，魚兒幾乎少有僥倖。

蒼鷺捕魚亦有行規，在天空飛翔偵探時，若見池邊已有其他同類便略過而去。所以有些人家便在池邊置一假鷺，果然奏效。

六月初，效告訴我見到三隻蒼鷺在天上並飛，宛如三架偵察機，看得心驚肉跳。果然不出幾星期，屋後草場上停留了一隻蒼鷺，幾日不去。我隔著窗望牠，想拍攝牠起降和啄食的模樣，雙手舉著攝影機，手痠得告饒了，蒼鷺依然一動也不動，牠的定功實在令人佩服。

傍晚，在院中散步。效說，「池裡的水草太多了，要不要去掉一些？」我嘆了口氣，「算了，還是保留著，給魚兒留條活命吧！」池面上平鋪了一層厚厚的水草，要想尋找魚兒的蹤跡，欣賞牠們緩緩游動的姿態已不可能了。

青山雀偶然會出現在花園裡。牠喜歡倒吊著身子站在牡丹樹枝上，以及修剪成

玉米田，蠣鴴一家子——父母與三隻雛鳥。（素描）

圓形的兩株榕樹上。天藍色的頭頂，白色的臉頰，眼睛像掛了副黑邊眼鏡，頸部一圈黑色短羽恍如繫了一只黑絨繩，絨黃色的腹部中心一條黑色對襟，翅膀和尾巴藍色的羽毛鑲著黑邊，翅上還有一道白色V形的紋飾，背色呈灰青色，色彩精緻好看。十一點五公分長的身子，更是玲瓏可愛。

冬天許多人家會在戶外懸掛裝滿各類豆子的網袋，青山雀是最常造訪的客人，扒著網線啄食豆子，袋子因之搖擺起來，鳥兒跟著晃動，像盪鞦韆，有得玩又有得吃，青山雀的冬天可愜意了！

白頰山雀十四公分長，比青山雀略長一些。黑頭白頰，青綠色的身子，灰藍色的翅與尾。色澤不如青山雀豐富鮮豔，但也很好看。白頰山雀有時會與青山雀一前一後來到花園裡，捕捉昆蟲，啄食種子、果實，或是在池邊喝水洗澡。

橘紅色胸脯的歐亞鴝即俗稱的知更鳥，常在英詩中讀到牠，從書中走出相見，只有十四、五公分長，圓滾的身子小巧可愛。牠知道自己討人喜歡的模樣，常站在柏樹枝頭與我隔窗對視良久。我喜歡看牠炫耀紅胸脯的自得神態，沒有一點矯揉做作。而牠看我呢？是否傻氣？

飛來一隻鳥停棲在扁柏樹顛，通體淡黃褐帶些暗橄欖綠色澤，翅邊與尾緣閃著金黃色的羽毛，橙色的細腳抓住搖搖晃晃的細樹枝。這是難得見到的小鳥，長得如此可愛好看，查書方知是爲「金翅」。可惜只是驚鴻一瞥。

不論雀鷹、蒼鷹、燕隼或游隼，都喜歡停留在屋後牧場的短木樁上。由於離房子有一百公尺或兩百公尺的距離，必須持望遠鏡才能分辨出造訪的是何種鷹？何種隼？

無論是鷹或是隼，總是孤獨地站立在樁上，睜大著凌厲的眼睛環視牧場四周的動靜。久久不動，突然俯衝而出，抓起獵物。

有時，在高速公路上開車，會見到隼或鷹就立在公路邊，或在天空盤旋。牠們飛翔的姿勢很氣派，似乎展開的雙翼根本不必揮動，即能御風而行，果然帶有王將的威風。

兩星期大雨不斷，馬士河上游傳來水汛，不久，屋後馬士河水也逐漸漲高，越過岸邊的大樹與灌木叢漫上了牧場，數日之後淹至河堤邊。這片水域立即成了海鷗的天下。白羽海鷗，以及黑頭的紅嘴海鷗，如鋪天蓋地的一片白紗巾飄落眼前，幾

不知小鷦鷯怎麼誤飛入花園的溫棚裡，牠乖巧的由效與我拍了幾張照片。拍完照，我們敞開溫室木門讓牠找媽媽去。

萬隻的鷗鳥就在水上游來游去。開窗，滿耳縈繞著kekeke的叫聲，眞嘈雜，卻給長年安靜的鄉間帶來熱鬧的喜悅。

除卻海鷗，在牠們中間仔細找尋，可以看見綠頭鴨成雙作對地悠游，也有一些野鴨子、澤鳧和鵲鴨。

牧場翻土、播撒草種，或是收割牧草的時候，也能見到大批大批的鷗群。牠們尾隨在翻土機、播種機、割草機、收草機的後頭，一飛一落地拾啄遺留於地上的種子和昆蟲。也不知是眼力強還是嗅覺好、聽覺高，牠們總能恰合時間地尋來，眞是奇妙！

小辮鴴鳥頭頂上飛揚著三根細長的黑羽，胸前挺著黑色的大圍領，像個神采奕奕的小龐克。牠以旋轉自己身體的奇特方式炫耀著飛行，因爲白色腹部與充滿光澤的紫藍墨綠色背部與翅膀，在天空中快速地交替翻騰，像翻飛的銀葉子，極易辨認。牠獵食的動作也很有趣，眼睛一發現食物，便先衝跑幾步，再突然啄擊目標。屋後的牧場和村子周圍的田野裡，時常可以看見牠們的蹤跡。

見到蠣鴴時，立即緊急剎車。這是離家一百公尺的村前玉米地，玉米才發出幼

只要游隼一站到牧場的木樁上，食腐肉烏鴉便飛來警告，宣稱這是自己的地盤。游隼不理會，牠就猛衝過去驅趕，實在小氣又讓人討厭。

苗，白腹黑身紅眼紅喙紅腳的蠣鴴夫婦在那兒挖出了個巢洞，孵育出三隻小蠣鴴。毛絨絨的小鳥依偎在父母身邊遊轉嬉戲，一副天倫之樂的景象。觀看數日不過癮，又取了像機、攝影機拍攝。

蠣鴴成鳥四十三公分長，身子肥胖。玉米田青綠色一片，唯獨蠣鴴一家五口活動的地方，是大約五平方公尺黃褐色的泥地。

我不由感嘆：「這農家眞好，爲蠣鴴空出這麼大一塊地不種植。」

「不是沒種玉米，是幼苗被牠們吃了。」效笑我想得傻。

「那農家人更好了，也不在乎玉米苗被吃，還讓牠們繼續停留。」更感慨了。

查書，蠣鴴十分膽大，如尖刀的喙，可以擊碎甲殼動物。牠們通常在港灣、岸邊，覓食甲殼動物、蠕蟲和小魚。正因生性大膽，才會毫無顧忌選定這方沿著馬路的玉米田邊孵育幼鳥。

一星期後，突然一陣狂風暴雨。風雨不過持續兩小時，村子和鎮上卻被打斷了不少巨樹，許多地方也積了水。蠣鴴一家棲居之地成了一汪水潭，我到處搜尋不見

（左）漲水與鷗鳥。（素描）
不論四季，不管早晚，我喜歡坐在畫室大天窗前觀景。總有一些景象感動著我，忍不住要畫下來。

牠們的蹤影。猜想，倉皇之間攜家帶眷逃命，從此也許很難相見。祈願小鸊鷉平安成長，我心中如此默禱。

在車棚的橫梁木架上發現了三個小鳥窩，兩只築了一半便擱置了，另一只則以樹葉、草、青苔做成圓屋頂狀的完整窩巢，十分精巧，窩中躺了七個小小的粉紅色鳥蛋。

雄鷦鷯總會在春天選擇隱密的地方築巢，一建就是幾個，築出大致形狀後由雌鳥定奪。雌鷦鷯做出決定後，雄鳥便以最快速度把愛侶中意的窩巢做成。浪漫體貼的情意，在動物界中算是難得。正是築巢的本事高，鷦鷯被中國民間百姓稱為「巧婦鳥」。

鷦鷯只有八公分大，體型非常嬌小，但爆發

似的鳴聲十分響亮。頭部淡棕色，有黃色眉紋。上體連尾帶栗棕色，布滿黑色細斑。兩翼覆羽尖端白色。常活動於低矮、陰濕的灌木叢中，覓食昆蟲。

鶺鴒會選擇家中車棚頂架上築巢，因爲當時剛搬家還沒能分出精神力氣去整理車棚，荒棄了數月，於是鳥兒看中了那兒的隱密。清理之後，汽車、自行車經常停進開出，鶺鴒也就不再以之爲家了，實爲憾事。

周圍極具勢力的另外一群鳥就屬「樹麻雀」了。每天大清早，樹麻雀會在村裡每戶人家屋瓦漏雨簷上啾啾地叫個不停。牠們的巢就躲在屋脊下，從家中二樓臥室窗戶，我可以清楚地俯瞰樹麻雀毛絨絨的幼鳥在屋脊與漏雨簷間興奮地鑽來鑽去探看人間。

記得小時候住台灣南部，麻雀多得不得了，我跟著鄰居男孩學做彈弓打麻雀，

白頰山雀住進了我們在院子裡為牠們準備的鳥屋。我竟然捕捉到了母鳥以蟲引幼鳥出巢的鏡頭。一隻隻小鳥鑽出了巢洞，飛入大千世界，眼神充滿著新奇，心情帶著些膽怯。目睹六隻小山雀出巢，這事讓效嫉妒至今。

射殺得理所當然，誰教牠們是偷食穀米的「害鳥」呢？

在羅馬旅行，藍天上常會出現龍捲風一般的大群麻雀陣，看了有些恐怖。

可是在荷蘭，看麻雀就是普通的小鳥嘛，還挺可愛的呢！

喜鵲上體羽色黑褐具紫色光澤，上翼白色下翼寶藍，腹部純白，尾羽墨藍拖得極長，時常上下不斷地翹動。喜鵲屬於較大型的雀形目鳥類，可以長到四十八公分。

喜鵲生性活潑好奇，喜歡大搖大擺地在河堤、草地、馬路上走來走去。看到喜鵲就會想起「鵲巢鳩占」的典故，《詩經・召南》「維鵲有巢，維鳩居之。」《毛傳》「鳲鳩不自爲巢，居鵲之成巢。」

中國人以喜鵲爲喜鳥，見烏鴉爲惡兆。效與我幾乎日日見喜鵲，難怪活得開開心心。

住在修道院路，離修道院只有兩百公尺距離。修道院內有一個對外開放的漂亮花園。效與我暇時會沿著林蔭路走到修道院花園觀樹賞花。

一回，效指著路旁一棵高大的菩提樹，「看見沒？那裡有一隻啄木鳥。」我們停下腳步，抬頭仔細觀望。

枝葉掩映之間，找到了一隻幾乎與樹幹同色的小鳥，雙爪扒著樹幹懸著身子，面對著樹幹猛啄。

過了一會兒，我語帶猶疑：「啄木鳥不是很大嗎？這隻鳥和鶇鳥差不多大小，不是啄木鳥吧！」

效微笑起來，慢條斯理說道：「我也這樣懷疑過。後來想通了，我們向來都是看書本上畫的啄木鳥，書上畫得大我們就先入爲主以爲牠是大鳥了。」

回家後，趕緊查證，我們見到的確是「綠啄木」的雌鳥，通體褐灰，雄鳥頭頂被紅羽，眼周墨黑，身體黃褐色，翅邊像織了一截灰褐一截乳白的繡線，尾部呈土黃色，色彩極多。成鳥從頭到尾最長不過三十二公分。

認識綠啄木之後，再走修道院路，不時可在不同的樹上尋到蹤影。只是見到的總是雌鳥，至今還沒機會與雄鳥相識。不過，來日方長。

對啄木鳥的體積有了正確概念之後，當中斑啄木飛至一株樹幹上時，我立即辨識了出來。頭戴小紅帽，下腹亦有同樣鮮紅羽毛的中斑啄木鳥眞好看，搭配黑褐色

小辮鴴鳥。（素描）
開車過剛剪過草的一片牧場，看見小辮鴴鳥在上面急步而行。離我那麼近，停下車來素描牠的形貌及後來飛離的姿態。

的背羽、黑白橫紋相間的翅羽，以及垂落白色頭頸兩側的黑紋，在書中看過一次圖片便印象深刻。如今，見到眞鳥，名字立刻從記憶中鮮明地跳躍了出來，我從沒忘記過這隻啄木鳥。

一對雉雞清晨在閃著露水的草場昂首闊步。雄雉雞翹著高高長長的尾羽，一身金光燦爛亮麗奪目。雌雉雞羽色平凡，毫不起眼地亦步亦隨。突然一下飛起，笨重不堪地振翅，很遠也聽得見噗噗聲響，飛不多遠又掉落下來，飛相比野鴨子更教人不敢恭維。

見到雉雞是偶然的驚喜，但一年總有一、二回。

數年前，一日效下班告訴我公司停車場有一隻被車壓死的雄雉雞，看起來仍完好無缺，非常美麗。

「爲什麼不撿回來？」我怨怪他。

「死都死了，撿回來幹嘛？」效問。

「做標本啊！」

效不相信我會做標本，我堅持有這本事。他沒辦法，只好領著我去把死雉雞拎回家。

當年在北一女，我是解剖青蛙的高手；以前幫忙家裡殺雞也乾淨俐落；何況在比利時布魯塞爾皇家藝術學院念書時整整修了兩年的解剖學，操刀解剖一隻雉雞應是小菜一碟。果然，兩三下就把雉雞連骨帶肉剔得乾乾淨淨，雞腦、雞眼也利索地取掉。當晚，雉雞肉成爲晚餐鮮美的主菜。

隨後，取酒精消毒，採銅絲、木條把雞撐好形狀風乾，再塞棉花、樟腦丸、薰衣草，將剖開的雞皮重新縫好，並到店鋪買了兩隻眼睛形狀的鈕扣黏上，果然製成一隻神氣活現的雄雉雞。

效到公司吹噓我製標本，壓死雉雞的同事忍不住自首：「尾部最美的幾根羽毛被我拔了給兒子玩，要不要送你太太？」

怎能和小孩子爭奪彩羽呢？婉謝了相讓的好意。

鶇鳥的巢與蛋。屋後的扁柏樹籬裡，鶇鳥築巢生下了三只藍色帶斑點的鳥蛋。

雉雞標本擺在家中許多年。搬家時，效說，「羽毛顏色已褪，丟了吧！」我雖不捨，終是忍心拋棄了，只留下照片紀念。

見到活潑走動的雉雞，回想起失去的雉雞標本，心中難免幾許悵憾。

第一次看到家燕時，牠們一字排開站在盥洗室窗檯外屋瓦的漏雨管道邊，與我相隔不過一尺。這幾隻是剛學飛翔的小燕子：頭頂與翅羽均呈寶藍色；顏面、喉部褐紅；頸背有圈白紋；背面黑色具藍色金屬光澤；腹部白色；胸前黑色擁有黑色半環帶，像打著領結的古典紳士；尾巴為明顯的剪刀形，下方有半月形白斑。

突然飛來一隻母燕，嘴中銜著蟲子，小鳥們一齊張大了黃色的喙，母鳥停在空中急速搧著雙翅，把蟲子塞進一隻小燕子口中，其他小鳥抗議地叫著。母鳥餵完急急飛離，不多時又銜來了另一隻蟲子。母鳥不懂平均餵食，食物老往幾隻嘴張得最大、最明顯的小燕子嘴裡送，看得我替吃不到食物的小燕子焦急抱屈。

飽食之後，小燕子就在母燕的牽領下，進行飛行訓練，在空中學習反轉飛翔的技術。

一天早晨，我到鄰居的農場裡買剛從乳牛身上擠出來，經巴氏低溫消毒過的鮮

小鶇鳥還不太能飛，立在陽台與花園分隔的花壇邊上，不知所措的模樣叫人憐惜。

牛奶。在存奶庫房找不到主人，則一路喊人尋進牛棚。牛棚裡正好有幾隻才出生不久的小牛，便逗著牠們玩。忽然，一團黑影掠頭而過，我自然地轉移視線，隨著黑影望向棚頂。嘿！居然築著好幾個鳥巢，每個鳥巢探伸出來幾個小腦袋好奇地張望，是家燕。沒想到牠們居然喜歡與牛為伍。後來讀荷蘭的鳥類書籍，發現家燕的荷語名為「Boerenzwaluw」直譯成中文為「農家燕」。難怪牠們與牛如此親近！

夏天，坐在花園的涼棚下，燕子們在眼前忙碌地飛越。牠們飛行的上下弧度很大，而且經常猛然加速，像疾風下的風箏，倏忽出現又倏忽消逝，看不清晰，只覺眼前晃動過許多黑色的小流星。

今年六月初三，效下班在鄰居米歇爾與瑞塔（Michel & Riet）家的屋脊下發現一個半碗形的燕巢，正驚奇不知何時築成的，就看見十幾二十隻燕子，不斷地從河邊往我們家車棚的通道方向飛來，銜著泥球往我們家屋頂曲脊與斜脊下支撐木條邊的山牆上貼。

我告訴效，台灣有燕來聚財的說法。效歡喜道：「太好了，我們要發財了。錢用不完怎麼辦？」我不知道我們會不會有錢，但有了燕子，一向惱人的蚊蠅幾近消蹤匿跡。

米歇爾家和我們家之間，屬於我們的三公尺車道上空，明顯教牠們給霸占了，理所當然地在其間疾飛、反轉、停刹。啪地一下，雙爪像附有吸盤似地往目標一送，燕身就穩穩貼在山牆上了，久久也不會掉落下來，彷彿特技表演。

燕子築巢速度很快，先起在屋脊下貼了八處泥基，最後卻擇建五窩。「我們家這面山牆正是風口，這群燕子太大意了。」燕巢築成一半時，效憂心地如是說。

不多日，數天狂風暴雨，夾雜勁厲的冰雹；雨過天青，再看燕巢毫無損壞的痕跡。「看來，燕子築巢還是盤算考察過的。」效鬆了口氣。

效與我的臥室正巧鄰著燕子窩。打開窗，米歇爾家燕巢就在正前上方，可以很清楚地觀察燕子的起居注；頭伸出窗外，眼睛往上瞄，就是我們家的幾只燕巢，可惜看不多久便頸子發痠。

每天清早，躺在床上，耳際盡是嘰嘰啾啾的燕聲。效有感而發：「難怪講燕語呢喃，明明許多燕子叫，卻一點不覺嘈雜討厭。」

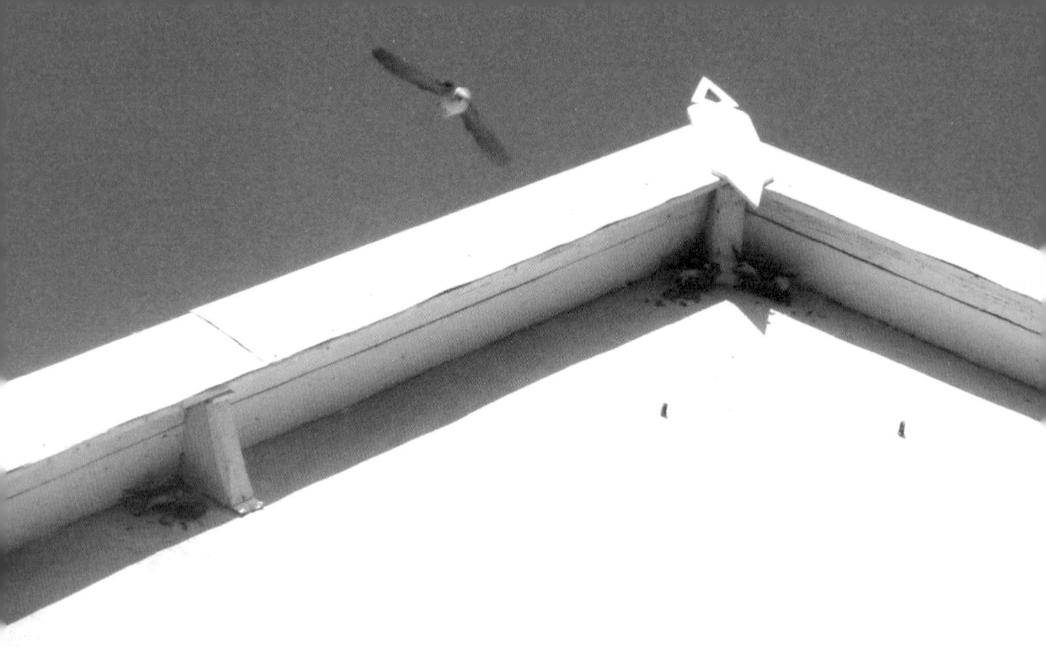

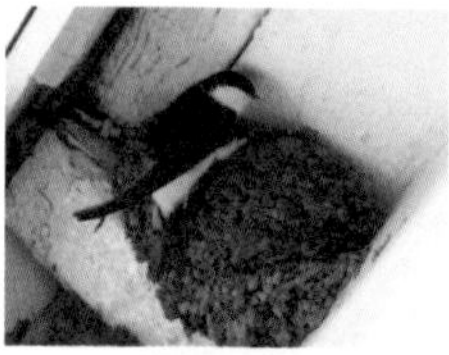

燕子築巢。家燕在我家屋脊下築出五個巢。一喙一土，集合眾家燕的辛勞，黏貼成細密堅實的泥巢。第一年興建最為艱苦，第二年輕鬆了，只需略作修葺就可居住。

「你注意沒？其實燕子很有公德心，每天早上一定過了七點鐘才開始叫。」我歸納這段日子的規律，給燕子加分。

「公德心？七點前妳根本沒醒，叫了妳也聽不見。嗯，有公德心哦！」接連幾天效都如此笑話我，只有尷尬回笑的份。

燕子築巢期間，窗檯上、山牆角下，掉下不少泥塊。效笑言：「燕窩呢！要不要取回家煮？」

我順勢應道：「好啊，煮一鍋燕泥給你滋補。」

六月底，前後不過三星期工夫，燕巢工程全數完工，嚴嚴實實的土牆外觀，取屋脊爲蓋留出極窄的縫隙充當飛口，燕子肥圓的身子每次都像練就出縮骨功似地扁進扁出，看著特別有趣。

隨著燕巢竣工，雖仍見燕子在家前後不停地輾轉翻飛，卻不怎麼聽見牠們輕聲細語了；猜想，進入孵卵期了吧。

「以後，你先把汽車開出車道，我再上車。」我跟效說。

「爲什麼？」

家燕銜泥，飛到我家屋簷下修築窩巢。

「小燕子出世後，會從窩邊往外排糞。」

「妳怕鳥糞，我就不怕嗎？不行，我們說好同甘共苦的。」效不肯答應。

「這不是同甘共苦的問題。」小事豈能這般思考。

「不管怎麼說，就是自私的想法。」他半開玩笑道。

我連聲向他陪不是。

一會兒，他想了想同意：「好嘛！接受妳道歉。」不過有但書：「以後，妳戴頂帽子進出車子，不必擔心鳥糞，還跟我同甘共苦，可以嗎？」當然，我點頭如搗蒜，感謝他的寬宏大度。

其他，藍灰色、白頰長黑尾的「白鶺鴒」；歌聲婉轉的「新疆歌鴝」；有時會被誤認為樹麻雀的「村岩鷚」；雙翅飛著兩筆白羽，灰色尾羽下露出一截橙色羽毛的「赭紅尾鴝」；與歌鶇同族而神似的「槲鶇」；頭上頂冠的「雲雀」、「鳳頭百靈」；圓渾小巧白腹黃背的「林柳鶯」；眉尖頭頂像挑染金髮的「戴菊鳥」；喙上猶如蓄白色希特勒式短鬚的「斑姬鶲」；褐腹灰藍背的小鳥「茶腹鳾」；磚紅背羽、灰臉、黑色眉眼的「紅背伯勞」；兩翅邊各鑲一條藍底黑斜線紋的「橿鳥」；

藍頂、褐身、雙翼黑白相間的「蒼頭燕雀」；白腹有細黑橫紋的「杜鵑」鳥；紅眼褐花羽翼的「歐斑鳩」……，都是家中花園、屋後河堤以及牧草地上的過客，不及一一記述。

從牠們身上，我對鳥類的了解從雀形目、非雀形目，更深一層地進入了各種不同鳥科的理解。從必須使用不同倍數的望遠鏡觀察才能辨識，進步到迅速地一眼就能自羽色、身形、飛姿叫出鳥名，這種知識與能力的精進，讓我非常愉悅。

一年四季，不論站在窗前，或是坐在花園涼棚下，觀察花鳥，記錄筆記，不覺時光飛逝。人生怎麼夠用？我居然也起了癡心，想尋找長生不老的仙藥了！

飛翔的隼鳥。牠能長時間在空中振翅或停歇，遠遠的望牠，不敢確認是游隼？還是紅隼？尾翼如扇貝輕盈美麗。

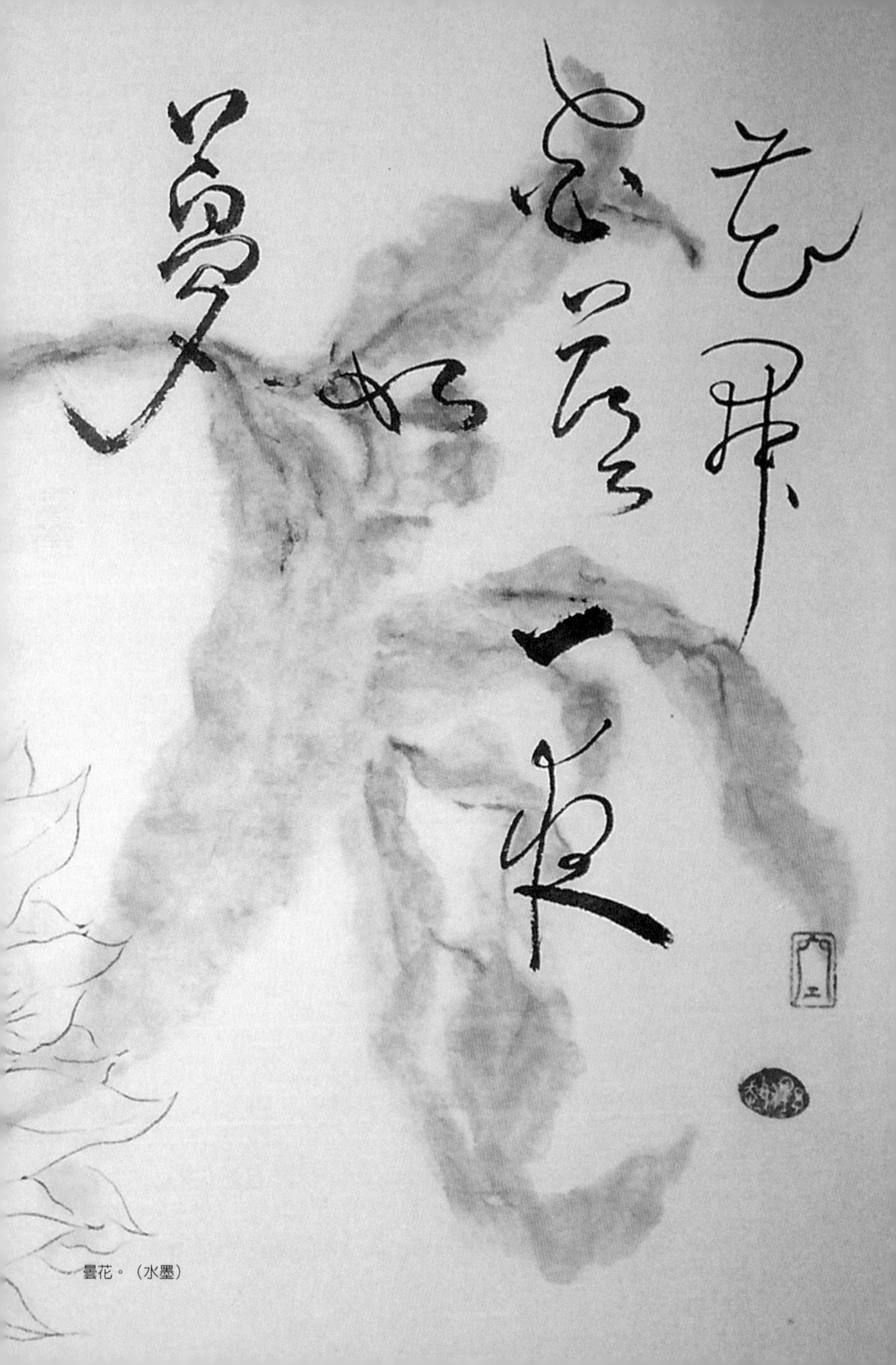

曇花。（水墨）

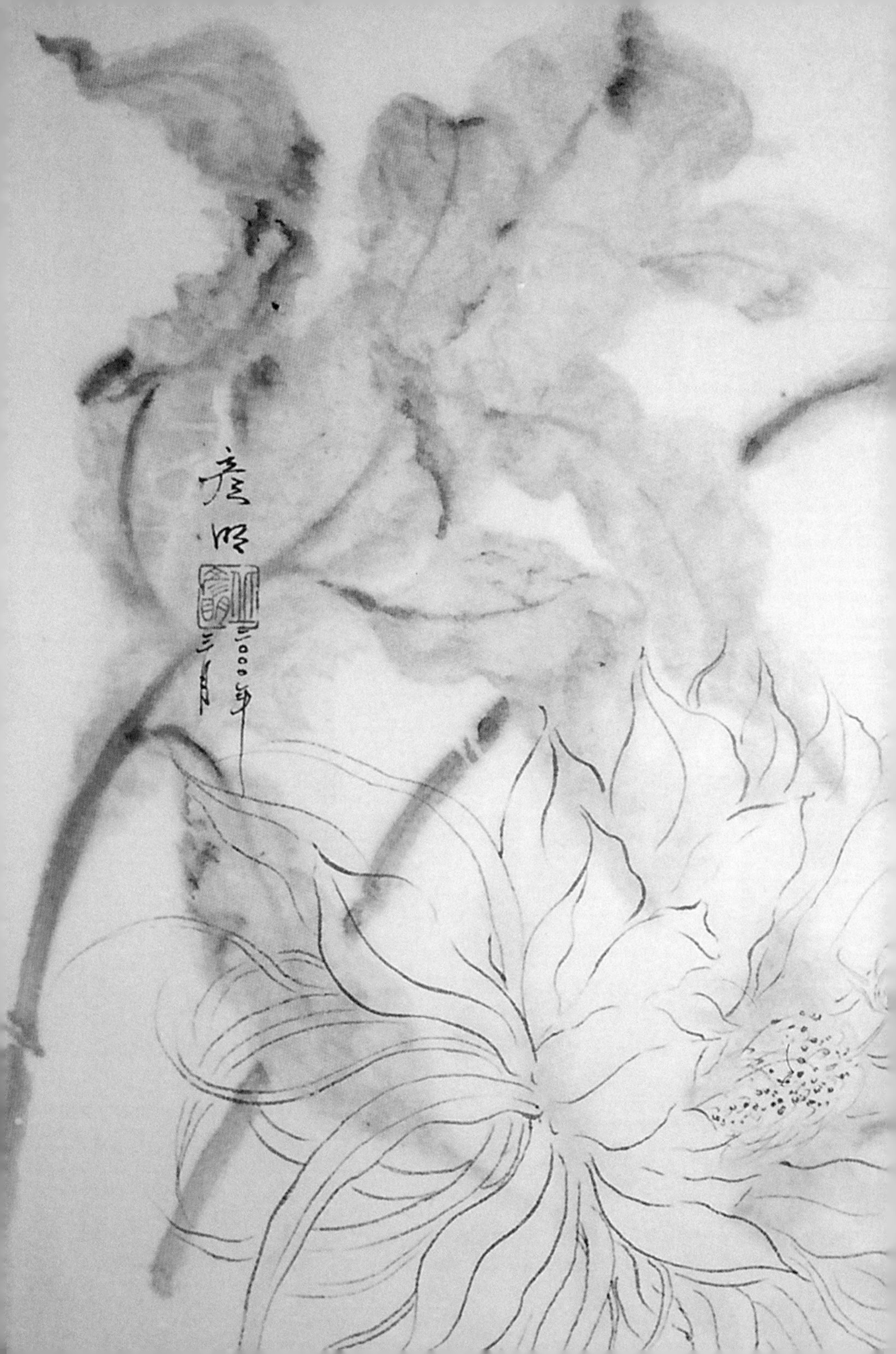
彥明
二000年三月

花園與菜圃

一九九三年開始，效與我在考克鎮帕德布魯克區租房而居，後院只有五十平方公尺，挖個魚池種點花就沒什麼剩餘的空間了，於是在區裡的「居民農園」內長年租用一塊一百四十七平方公尺的農地，種植蔬菜和瓜豆。

二〇〇一年四月二十九日，荷蘭女王節前一天，從考克鎮租房搬遷到新購的住家，房子在離租房約三公里的聖．安哈塔村裡。新居離農園距離較遠，不能再像以往可以悠悠閒閒地從家裡散步過去，必得借助於自行車或汽車才到得了租地。

新家花園比原來的租屋花園大了許多，前前後後加起來大約有三百平方公尺，計算一下除去鋪設的陽台、通道等，可以種植的面積還有兩百平方公尺。

既然新居園子地面大，可以種花又可以種菜，效問道：「要不要把農地退了？」我沒答腔，自然是割捨不下。

二〇〇一年對我們而言，是極其忙碌的一年。搬家本來就是麻煩事，從舊家打

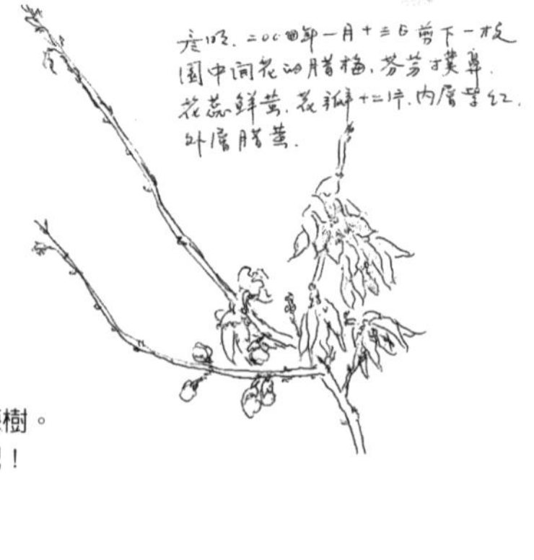

臘梅。（素描）
成都的公公給了兩粒種子，我如獲至寶，帶回荷蘭培育出了臘梅樹。十二年後，終於開花，花香撲鼻。猜想它是荷蘭唯一的臘梅樹吧！

包到新家安置穩妥，都需要時間。尤其新家已具七十年屋齡，需要大事整修與改造，更是費力耗神。在這種忙碌之中，我還得抽出時間奔走農園種植、提水、除草、整地，身體與精神的負荷確實相當吃重。

終於，心思動搖起來，三番兩次地猶豫：是不是眞該把農地退了？可是想歸想，依然沒有行動，畢竟割捨不了農園種地那一片豐茂與溫馨的特殊氣氛。

這年收穫末期，農園裡的菜沒來得及處理，菜株抽了花、結了籽，又全數掉落到土地上。

二〇〇二年三月，天氣才逐漸開暖，整個「居民農園」裡大家的地還是荒的，尚未及翻土播種季節，唯獨我的農地卻已長滿了油綠綠的各類油菜和白菜，每片葉子都新鮮肥大。趁著鮮美，採摘了一大堆，分送給每星期日一起打羽毛球的幾戶中國朋友。他們驚奇道：「怎麼可能現在就長出青菜來？妳眞是厲害，怎麼種的？」

「不是我種的，自己長出來的。」訕訕笑著我老實交代，老天爺的恩賜，不敢居功。

四月份，滿園開遍了黃色的油菜花。效隨我去地裡，看見一片嫩黃，不禁脫口讚美：「眞美！」空氣中飄浮著油菜花的清新香氣，效又歡喜道：「好像回到成都。成都油菜花就這模樣、就這香味。」那一刻，他完全忘了花粉症的事，沉浸於家鄉往事的甜美裡。

五月份，新的種植季節到了，幾經猶豫，我終於沒在農地裡翻土播種。但，園中仍有草莓可收，蒜薹可採，以及去年籽落不斷抽長出來的各色青菜及香菜。我一邊收穫，一邊開始了撤退步驟。

首先，請效幫忙把農園裡的枇杷樹移回家中，三株做了盆景，一株栽植在前院客廳窗前，一株種植在後院裡。因其爲四季長青喬木，半年後，我們把其中兩盆盆景的枇杷樹取出，分種在大門前兩側，取代原本莖上有刺的灌木叢。

幾年前，我們在土耳其店買枇杷果吃後，將種子植入土中，居然生出幼苗，仔細照顧，至今也有一人高了。枇杷葉十分好看，青綠時好看，枯

辣椒。（淡彩素描）
辣椒是盆栽，放在書房窗台邊，滿枝的紅辣椒都是我勤勞地拿毛筆授粉的成果。

乾後褐黃色也好看。可惜不懂熬製枇杷膏的方法，否則可以拿枇杷葉來製造這種止咳化痰的良藥。此外，不知如此種出的枇杷樹結不結果？仍有待觀察。

逐漸，凡是能夠移植的植物，都盡可能地移種回家中花園裡了。可是，我還是能拖就拖地沒有退地，三不五時開車去農園，摘些餘留在地裡移不走的菜葉、香蔥、香菜。要開口說出「退地」這兩個字，對我眞是艱難萬分啊！

看過了農園的罌粟花開，六月中我病倒了，劇烈地咳嗽，咳到夜晚無法躺下睡眠。醫生初診爲感冒，醫治不好，於是做敏感測驗，發現我對花草樹木都有一些過敏跡象。

如此一來，事實擺明：爲了身體的健康，只能照顧家中的園地，無法再超支多做農園的活了。

病中無法清理農園，「居民農園」委員會寄來一封信，通知園中雜草叢生，希望一周內清理整齊。一邊激烈地咳嗽、一邊讀信，我明白：雖然已繳交了一年的租地金，卻已經到了「退地」時刻，別無選擇。

拖著病體，開車去到農園，我花了一整日時間，盡可能地將農地雜草清除掉。

「收穫」。（絲畫）
這些全是自家農園的收成，不單拿來吃，還擺來作裝飾。

來來回回在地中走了好幾趟，早已氣急攻心、虛汗濕遍，目眩神搖了；最後，仍勉強提著一絲精神，去按「居民農園」負責人家的門鈴，交還小木屋的鑰匙，塡寫下退地聲明，簽了字。

當晚，一夜無眠。那日，正值效在德國出差，我獨自待在安靜的屋子裡，咳嗽聲不停地在空間裡彼此猛烈撞擊，我的一顆心更是空空蕩蕩，無著無落。

從一九九三年四月三日在舒思特鎮開始承租「居民農園」，至二〇〇二年六月十九日在考克鎮退租「居民農園」，整整九年團體農耕生活。這其中的樂趣，曾讓我寫成《浮生悠悠——荷蘭田園散記》一書出版，記錄種菜養花的各類心得。一旦退還農地，內心的糾纏何只傷感，甚至是一種背棄的自我譴責。

「居民農園」的農地退租了，唯一值得慶幸的是——我沒有放棄農事。

效與我在設計整理聖・安哈塔新家花園時，已事先在花園最裡面臨河堤的部分

曇花。（水墨）
曇花花開的夜晚，效與我一定守著等花開觀花落。

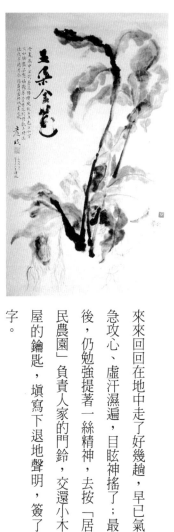

預留出了一長條菜圃，與花地以一排三十公分高的羅漢松爲界。

退租農園之後，我立刻將這條菜圃的土翻整過，添加上購買來的培養土，把農園遷移過來的多年生韭菜、蘆筍、各種調料植物，以及草莓，分種於此。另外，又埋下各種中國菜籽，一個月之後，單單這一小塊菜圃長出的菜，不單足夠效與我兩人食用，還有剩餘。

經過耐心地經營，不多時聖·安哈塔家的花園與菜圃已然有模有樣。

搬家時新挖的長方形池塘，除了搬遷來原有的金魚與水中植物，還增添了兩尾小日本錦鯉、兩尾清除垃圾的黑魚。小錦鯉一黃一橙，鱗光閃閃特別醒目；垃圾魚一放入池中，立時溜滑入水底，再也不曾照面。不久，又添購了十尾「金風」魚，只有小指長，色金黃，游行快速如風故名之。「金風」一向成群結隊，在小池塘裡若數目少於六尾就不舒服。群隊中有一領袖，通常是最壯的一尾，經由「武鬥」奪得領導權。池中擁有「金風」之後，原本多半時候安靜的池塘，變得無時無刻都熱熱鬧鬧，因爲「金風」永遠不停歇地在水面上穿梭過來、流竄過去。

這次是效第二次挖池塘，儼然老手。八年前挖池的疏漏，這次正好得以完善。

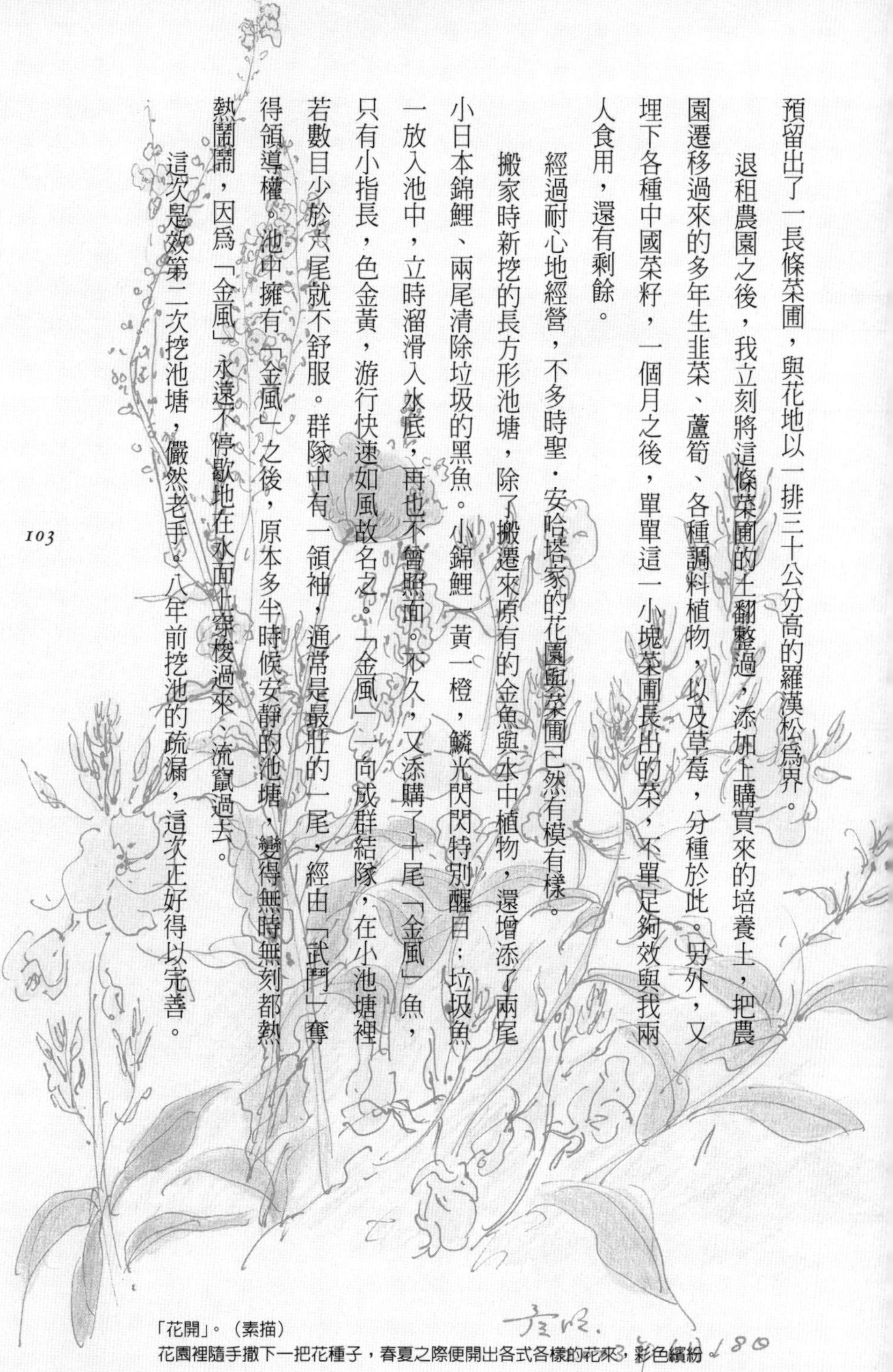

「花開」。（素描）
花園裡隨手撒下一把花種子，春夏之際便開出各式各樣的花來，彩色繽紛。

曇花。（攝影、油畫）
拍攝曇花時，無意中發現從花朵的後方觀花，另有風采。
至於曇花油畫畫了數年，每次油彩乾後以細砂紙抹平，留下很薄的色彩，再畫，共畫了七層。如此花瓣不但透明，而且色彩可一層一層的看進去。繪畫的過程，因為畫得慢，心情特別安靜。

他特別在池底鋪上一塊防範石頭穿鑿的密網布，而後才鋪設黑色防水塑膠布。塑膠布上，又多加一層可可果纖維做成的網布，便於水生植物攀爬。爲達到預想效果，另購了幾種不同的水生植物，種植在可可果纖維網布間，希望年後它們能爬滿池塘周圍，使水池更增綠意，也更顯自然。

水生植物漫生池塘邊緣纖維網布的理想經過一年效果不如預估，我研究後發現，水分不足又無泥土植根自然很難繁殖。於是，我取了一些泥土塞入纖維網布與防水塑膠布之間，將土潤濕再種植意屬的池畔植物；果然一段時日之後，池塘周圍如願地布滿了新鮮的花草。

臨著池塘，一塊綠色的草坪，讓花園有了一塊空間，彷彿中國畫中的留白，花園因此能不顯擁擠，安閒順暢地呼吸。

照顧草坪實在大有學問。應在雨前剪草，並且定時撒草肥，草坪才會青綠好看。

家中剪草是我的工作。雖然證明我亦花粉敏感，但比起效的花粉症來算小巫見大巫，因此剪草自然攤爲我的任務。剪草成了習

曇花。（青銅雕塑）
原本幾小時生命的花開，因做成青銅雕，便長長久久在家中綻放著。

慣，青草茂長的夏天，每星期總要剪它一回，否則便覺得毛毛糟糟的，簡直見不了人。到朋友家，若見院中草坪草長或草色焦黃，即渾身不舒服，恨不得越俎代庖立刻動手整治一番。

不知為何？二〇〇三年地鼠瞧上了我們家花園，在地下修築各線通道。被我照顧得極美的青綠草坪，不時被拱起一坨又一坨的黃土堆，看得我既心焦又憂傷，只好從別處不斷移草填補，可惜效果不彰。

效與我買捕鼠夾希望繩之正法，卻一直沒能捕住。荷蘭朋友教導，在地鼠通道間放一空的啤酒玻璃罐，風吹罐響，地鼠便會遠離，我們十分懷疑這方法能產生實際效果？姚姚住在美國加州，寫電子郵件告訴我，鄰居教他隨時保持草坪濕潤，地鼠便不來了。可是據我觀察：荷蘭多雨，地面經常潮濕泥濘，但草間仍充滿大大小小的黃土堆，可見

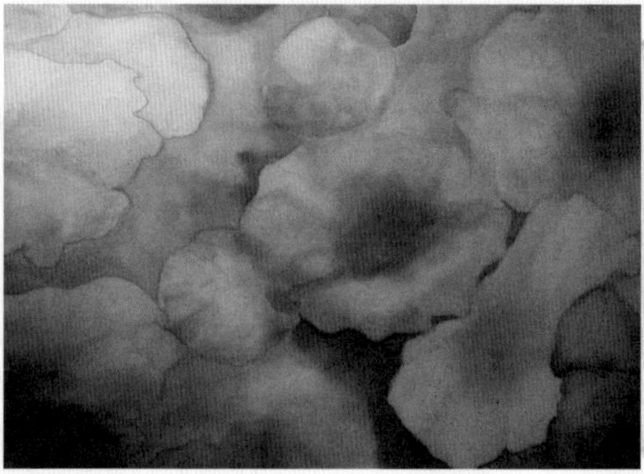

（背景）蓮花。（絲畫）
（右下）荷花。（絲畫）
家中池塘養了睡蓮，看著池中的蓮花總會聯想起台北植物園與成都望江公園的田田荷葉。

荷蘭地鼠早已適應環境不畏濕氣。唉！該拿家中花園的地鼠如何是好？眞讓我們作難啊！

草坪裡夾生的青苔也是一大禍患，它蔓延得特別快速蠶食掉不少草皮。爲了去除青苔，我常蹲在草地上幾小時從草間揀出青苔來。效看不過去，認爲太不科學，特意買了一枝耙子送我，使用了幾回並不如理想，還是回到我的笨方法：以手代勞、以時間換取成果。

草坪之後是楓樹、幾株高莖紅玫瑰，與三株開粉紅、紫紅和藍色花的扶桑。

玫瑰與扶桑是前任屋主留下送我們的植物。楓樹則是我們從舊家遷移過來的。遷移時方發現楓樹的根經過幾年沿展，已在土裡長得粗壯且深入了地層；因此，移動時不得不斫斷一部分粗深的根。初起，憂心楓樹經歷如此折騰是否還能存活？經過一年，發現它冒發出新枝新葉，

（左上）曇花。（素描）以鋼筆和褐色墨水畫曇花，花開別生姿韻。

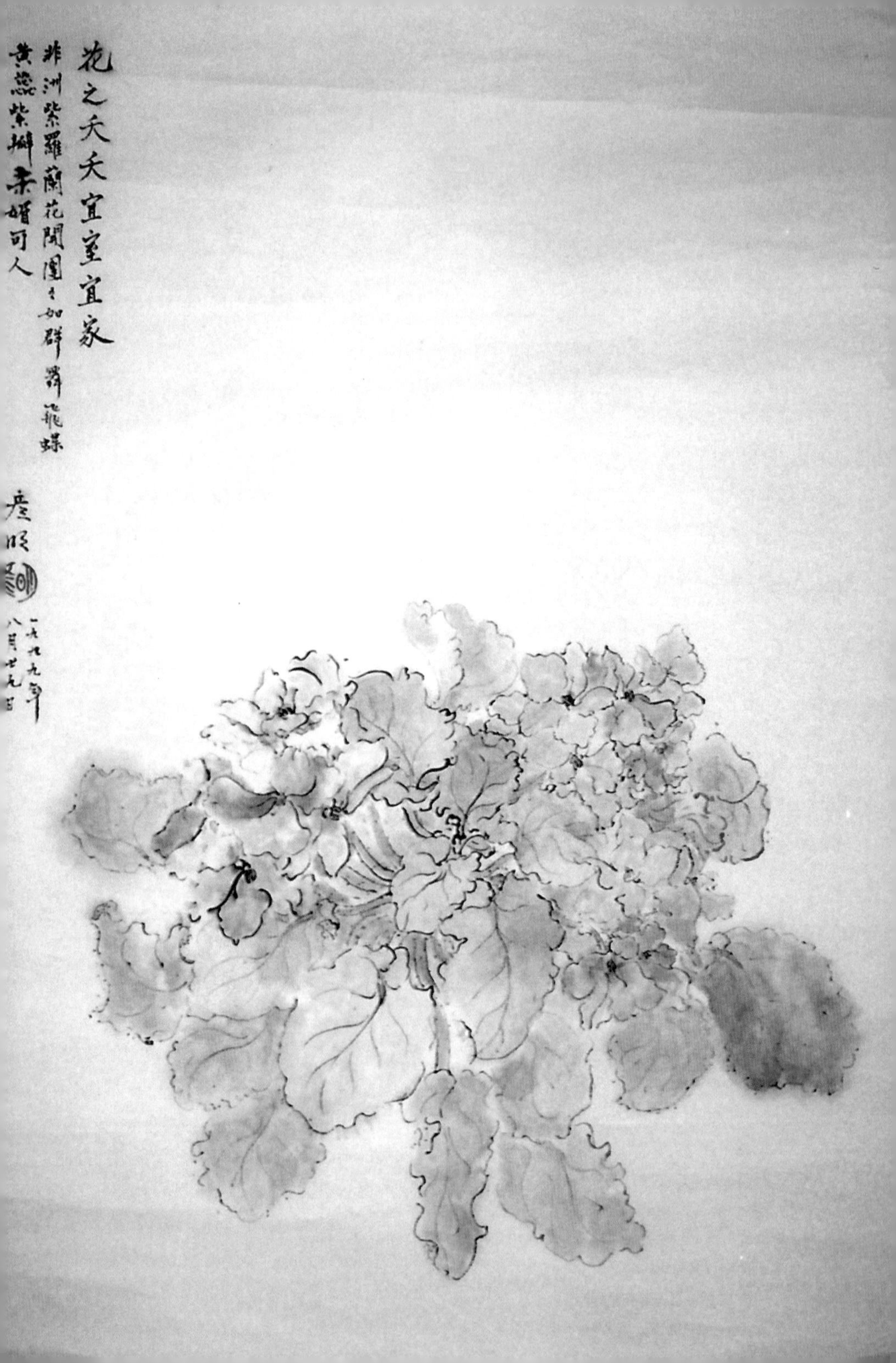
花之夭夭宜室宜家
非洲紫羅蘭花開團團如群群飛蝶
黃蕊紫瓣柔媚可人
彥明
一九九九年八月廿九日

知道傷處慢慢復原，也就放心了。

葡萄株也隨著我們搬住新居。葡萄藤攀在園裡六角形涼棚的擋風木架上。這株葡萄一九九四年就成了我們家中的一員，住進院子時約一米高。在舊家的七年，沒能長得蓬勃滿架，因爲效總是言之成理，每年大刀闊斧地修剪。二〇〇一年爲遷往新家，枝椏自然被剪修得更加厲害。如今，葡萄株適應了新環境，我不許效再年年大剪枝莖。「要多結葡萄就得捨得剪枝。」效振振有辭。拿定心意我堅持說：「寧可沒葡萄吃，只要葡萄藤行不行？」否則按照效的剪枝習慣，園中的葡萄藤永遠攀爬不成遮蔭的涼棚。唉！希望我能擋得住他那雙剪刀手，過些年眞能如願坐在葡萄藤下，優哉游哉地聊天喝茶。

涼棚中間放置了桌子與涼椅。記得搬家那年盛夏的一夜，晚間無雲無風，蒼穹星光點點，寂靜的小村蟲鳴蛙叫特別清晰。我們坐在涼椅上，喝著白葡萄酒，桌上點著蠟燭，等待涼棚裡一盆曇花夜半的花開。

當膨脹的花苞逐漸綻放時，將燭火挪近花畔照看：一片片潔淨無瑕的白色花瓣，在淡黃淡藍柔和的焰火照耀下，透亮著光澤，出奇地靜美。

（右）非洲紫羅蘭。（水墨）
朋友來訪時贈送的盆景，花色清雅，型態小巧可愛。

效走回客廳，不多時，巴哈甜蜜溫柔的無伴奏樂曲，借著賈克琳．杜．普黑（Jacqueline Du Pre）扣人心弦的大提琴演奏，恍如款款細語，沿著花園小徑緩緩流淌了過來。

那晚醉了！效醉了，我醉了，我們的客人怡君也醉了！不知是酒醉、樂醉還是花醉！

楓樹、玫瑰、扶桑區的對面是小「茶花園」，但也兼種了一株銀杏，銀杏已隨著我們遷居兩回了，毫無適應的困擾。

茶花喜歡新家，總是花苞纍纍。除了第一年，遷移後的身骨還不夠健壯強韌，滿樹的花苞禁不住冬寒，盡數掉落；但，第二年之後，初春便是繁花盈盈，白的、粉的、紅的美不勝收。

茶花與牡丹，以一條石子小徑及一個拱形玫瑰花架相隔。玫瑰花架一邊攀緣的是黃玫瑰，另一邊攀緣的是紫玫瑰，花開香氣襲人，黃花、紫花色彩互補，更加顯眼。兩者皆是割捨不下，由舊家帶過來的伴侶。

茶花園與牡丹園，雖然不大，均是我們家獨特的風景，傳統典型的中國情調。

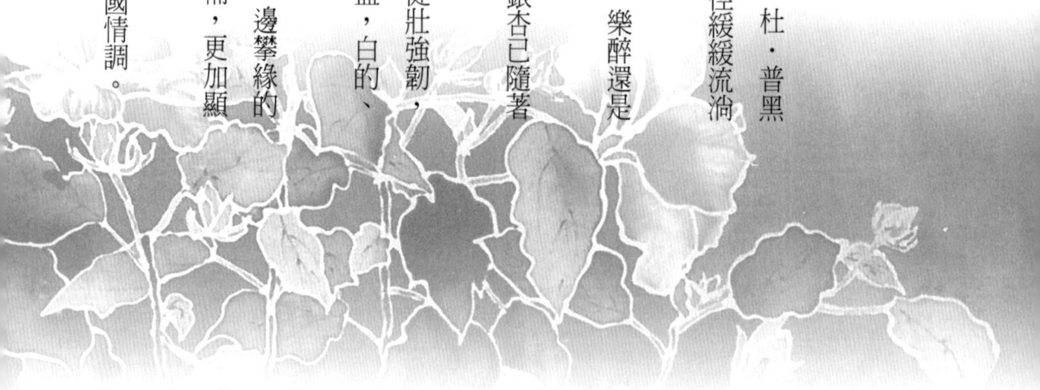

扶桑。（絲畫）
花園中扶桑花開，將花開的各種姿勢畫下，絲綢的光澤很能表現金黃色扶桑花的亮麗。

遷居時，我們將租房花園中精心栽植的植物全部移至新家花園，並單獨闢出了一塊牡丹區。

二〇〇一年四月初，效把另幾株種在居民農園農地裡的牡丹移回後院。因爲農地中一株牡丹失竊了，那是株開紅花的牡丹，特別豔麗迷人。失了它，就像剪掉我的一片魂，只要念起它，便會呆愣許久。

從農園移回的牡丹株 正好增添陣容，小小的「牡丹園」更加名正言順了。

不論租房花園裡的牡丹、或是農園中的牡丹，效在移植時非常小心，不使傷及根部；所以，牡丹樹移植之後，連移栽時已結成的含苞花蕾也保住了，再加上地利，植株竟長得比往年都好。

鄰著牡丹，是原屋主的小曬衣場，晾衣傘插在圓形小石子地的中央，我們暫時保留原狀。後來，沿圓周釘下八根鐵樁；取出晾衣傘改豎兩米多高的長棍，頂端鬥了八條粗麻繩，將繩子牽拉固定於鐵樁上，種下豇豆苗。夏日豆藤依繩蜿蜒，紫色的豆花盛開，細長的豇豆一根根垂吊下來，朋友們來訪，孩子們便蹲坐在豆藤圈圈裡玩石子。

石子地旁邊還有一些空間，分別種植了遷移的芍藥、臘梅、繡球花，黃色大鳶尾花、瑪格麗特，台灣虎蘭與罌粟花。

兩棵臘梅是九二年從種子培育出的蠅頭臘梅，一直跟在我們身旁。先起盆栽數年無花，改種園裡長了個子卻仍杳無花痕，一晃十年過去，便不寄望它們開花了。

遷居聖．安哈塔村之後，二〇〇三年一月效發現較大的那棵臘梅，枝頭綻出一粒花蕾朵，兩人驚喜交集，再仔細尋看別無花影，我不免悵惘，效則說：「滿樹花就不稀罕了，單單一朵才顯珍貴。」聽著也有道理。

花苞逐漸膨脹，淡黃色緊裹的花瓣已略略可見，三月初我們去台北探親訪友兩周，回來枝上已經無花，低頭在地上搜尋也沒殘花，到底花開沒開也無從知曉，家中第一朵臘梅花的紅塵生涯就這般成了永遠解不開的謎，也成了我們久久記掛的憾事。

二〇〇四年一月末，這株臘梅枝椏間綻開了四十多朵花，花瓣分內外兩層，內瓣為紫紅色瓣型較小，外瓣為黃色瓣型較大而長，光照之下透亮質地恍如蜂蠟，嗅之花香甜美如蜜，取一朵放置屋裡即滿室幽香，持續數日不散。

（左大圖）「紫花毛地黃」花開一串，如長長短短垂掛的小鈴鐺，也像一個個紫色的頂針。蜜蜂常常鑽進花中採蜜。
（左上至下）家中花園的蓮花、玫紅永生菊、芍藥。粉紅色系列。

二〇〇三年夏，效曾將臘梅的枝子大事修戩。見梅株僅中間最高的幾根枝子枝頂開花，懷疑周圍枝莖無花枝是遭他絞除的結果，不免惆悵。藉機，我提醒他汲取教訓：「看來得先讀讀書，徹底弄清楚剪枝的時節與方法才行。」效答得乾脆：「去年剪那麼多枝，今年不必剪了。」明年正月，可會滿樹生花？

鄰居尤瑟娜送了三株菸草苗，也分種在花園裡，菸葉肥厚布滿絨毛。我種的菸葉只有手掌大小，不知是品種關係？還是土質、氣候不對？夏末秋初從莖端、莖葉之際，抽出花莖結出花蕾，開放小喇叭形狀的白色花朵，滿園因之生香。

有人聞說：「確是菸味兒！」有人則謂：「不，味道是甜的！」有人卻講：「不知是什麼味兒，眞香。好聞極了。」我呢，判它的香氣帶著淺淡的菸絲味兒。大概因有菸氣，它們在園中還起了除蟲的作用哩！

與池塘隔花園步道相對是原屋主搭蓋的雞棚。到我手中，改變用途成爲溫室，種植較嬌嫩的蔬果：番茄、苦瓜、絲瓜、辣椒等。

溫室外兩側種植了各類調味香料植物：蝦夷蔥、麝香草、薄荷、迷迭香、來路花、歐蒔蘿等等。

瓠瓜。讓瓠瓜藤攀長在通往花園的陽台木架上，花開結實增添陽台的美麗。

近屋的涼台，有一長條花壇，種植了薰衣草、月桂以及各種時令草花。二〇〇二年種下一株獼猴桃藤，又稱奇異果，準備讓它攀滿花壇上的高花架。修道院路上有一戶人家種了三株獼猴桃，去秋收穫了七大籃奇異果，吃了整個冬季，確實教我羨慕。主人告訴我奇異果株有公株、母株之別，我未盡信，仍待觀察求證。倘若言之屬實，家中所植爲母株的話，我便去他們家商借公花授粉。

涼台靠房屋的牆邊，分別有兩株高及二樓的玫瑰。五、六月間，數百朵金黃色的玫瑰花開遍屋牆，那分壯麗實在可觀。風起，花瓣落滿涼台，形成一片花氈。那時節，我常赤足經玫塊花氈進進出出，任濃如蜜汁的甜美花香，經由足底穿透全身。

屋前尚有兩個大花壇，種植小花白玫瑰與胭脂紅的小花垂枝玫瑰，兼雜一些非洲菊與彩色斑斕的三色堇。白玫瑰和紅垂枝玫瑰花期特長，花一凋零立刻剪除花托不久即發新花，花期可從夏天一直延續至聖誕節呢！

屋後車棚與貯藏室間有一塊九平方公尺的方形小院，鋪設地磚。形狀和位置，像似中國四合院的天井，雖小卻隱密且溫馨。我們安放了一些盆景，擱了幾把涼

荷蘭豆。菜圃中每年都要重上一長溜的荷蘭豆，依次先吃數回豆苗，再吃嫩豆莢，然後吃夾中胖圓青綠的豆子。

椅，布置成另一處閒坐的院落。

效刻意在這「天井小院」的屋牆上裝置了一個水龍頭，銜接室內水管引出水來，方便我給盆景以及花園、菜圃中的植物澆水。有了這只水龍頭還有個好處，收採的蔬菜瓜果在此清洗，可免去洗出的泥沙長年累月堵塞了廚房流理檯的漏水管。

傍晚，蹲在小院裡漂洗著剛採摘下的青菜，耳邊時聞不同的鳥鳴雁聲，鼻尖時而嗅出空氣中飄游的不同花香，眼睛偶爾抬起瞥一下天上路過的雲朵。

後院花園邊有一排扁柏，柏高過人。柏樹與地界的圍柵尚有一公尺寬的空間，我把這幾十米長的土地闢成了菜圃。生長著小白菜、青剛菜、萵苣、莧菜、油菜、軟姜葉、冬莧菜、雪裡蕻、毛豆、朝鮮薊、紫蘇、各種生菜……。

每天傍晚，見晚霞映窗，我拎個小網盆，推開貯藏室的門，踱進小院，到菜圃走一圈，選採幾種青菜、搭配一些瓜豆。效下班回來，屋中尋不到人，會走過園子來幫忙收穫，順便探望花草魚蛙。在家就近採菜進屋洗淨下鍋，比較以往刻意走一段路到農園，顯得更輕鬆自在，何況發現菜色不足時，尚可隨時添補。

我們的房子位於聖・安哈塔村修道院路旁，不只房子臨著路，花園一側也臨著街。花園與馬路之間，雖有一人高的樹籬遮蔽，村人散步，還是很容易透過涼台矮木柵上面的空間看見園內景致。

村人熱情，見我們在園中，必定出聲招呼，有時會自然地跨過木柵進來，參觀園中的花木、蔬菜，詢問不知名的植物，同時也提供他們養植的心得。當然，秋天效的花粉季過後，傍晚與周末，我們倆會在村間散步，見到在各自園中拾掇的村人，也主動止步問安，交換種植花草、樹木的經驗。

如今，我的菜圃多半種植中國菜，少種荷蘭市場常見的豆類及蔬果。一方面因爲可種植的面積有限，另一方面則是找到了少種植它們的最佳藉口。

聖・安哈塔村口有一戶農舍，門口巨大的核挑樹蔭下，豎了一塊標牌：賣土雞蛋。

搬家後，進出村子總會經過，看到標示。一日，很自然走進去買雞蛋，發現主

鳶尾。（局部，絲畫）
池塘旁邊種了一叢鳶尾，開紫藍色花，花心點綴著明黃色。每枝花都讓我想起一枝枝的孔雀尾羽，明媚燦爛。

彥明
二〇〇〇年
三月廿九日
後院茶花

人是八十二歲耳朵略有重聽的胖老先生。身體不是太好，總跟我抱怨心臟不好還時有氣喘。但，老人勤勞成性，除了養雞、養鵝、養矮種馬，還闢地種菜。所以除了雞蛋、宰好的土雞，還兼賣自己收成的馬鈴薯、洋蔥、各種豆類，以及草莓、李子和核桃。

他有個老姊姊九十三歲，住在考克鎮圖書館對面的公寓裡，雖比弟弟年長十一歲，卻精瘦健康、手腳靈活。姊姊不放心弟弟身體虛弱還要承擔大量的農務，不論晴雨寒暑，每日清早自己駕著電動小三輪摩托車開兩公里路前來幫忙。

我每星期去照顧一次生意購買雞蛋，順便選購一些當令的蔬果。每次見面，老人會笑容可掬地先問候：「在聖・安哈塔住得好嗎？」而後接道：「超級市場的雞蛋、青菜怎麼能吃？完全沒味道，是不是啊？女孩！」老人眼中，我還是「孩子」呢！我們一邊交易，一邊閒話，說天氣、論養身，也談人生的順其自然。

於是，我乾脆多種中國菜，荷蘭式的蔬菜盡可能在老人那兒購買，讓他們掙點零花錢，開心開心；何況藉買東西多探望探望他們，閒聊兩句解解老人的寂寞，也是敦親睦鄰。

茶花。（水墨）
水紅色的茶花綻放，花瓣纖美無瑕，常看它看得發痴。

平日，除了在家中花園、菜圃忙碌和玩賞之外，我也常從客廳窗戶、樓上工作室透過窗子眺望園中景致、花園樹籬外的一小片林子、通往河堤與修道院的V字形村徑，以及觀看風捲落葉在空中飄走的速度。

六角形涼棚旁邊菜圃盡頭，原有一扇低矮的小鐵門權充地界，推門出去就是花園樹籬外的公共小樹林。這塊介於我家花園、河堤與上河堤馬路的三角林地，除去臨靠路邊一間占地一平方公尺的村子公用配電房，尚有五、六十平方公尺面積，種植了十多株不同品種的丈高大樹：春天嫩葉青綠；夏日花開葉濃；秋季彩葉紛紛；寒冬枯枝殘雪，端是好看極了。唯樹間全是高及人腰的雜草，連路過的貓、狗都嫌，不願進去探視或戲耍。

二〇〇三年九月初，一日心血來潮，我推開小鐵門，開始彎腰除草。工作比我想像的艱難，樹根與草根長年累月相互鑽穿，早已糾纏不清，泥土更是硬如堅石。偏偏遇上我是個倔脾氣，想定了的事絕不中途罷休，不在乎手傷纍纍，終是咬住牙一鏟一鏟地除草去根、挖鬆土塊。

一個月過去，野草盡除，我又把低矮雜蕪的樹枝剪去，一片荒林竟然變成了可

臘梅花開，外層花瓣晶透質如黃臘，內層胭紅如美人唇色，花蕊純白。一朵小花便滿室生香。

「群花」。（水彩）
春天的花園，每年都如此彩色多姿，常聽見路人贊賞：「多美的花園啊！」若說我不得意那是謊言。

在裡面穿梭、停歇、仰望的可愛林園。

效問我這段日子做了些什麼？

「整理園子啊！」我順口回答。

「看我瞧不瞧得出妳改變了什麼？」幾次出入花園，終於懷疑地問道：「怎麼看不出變化？」

我引領他拐出小鐵門走入小樹林。

「這怎麼是我們的園子？」聽得出他語氣是上當受騙的無可奈何。

「當然是啊！我已經把它占領了。」得意地領著他享受林蔭下散步的趣味，邊自言自語道：「封掉菜圃底的小鐵門，另把六角形涼棚改裝出一扇門就完美無缺了。」

不久，阿青來訪，參觀了我「擴地運動」後新添的「非法領土」，並聆聽了涼棚改裝出一扇門的夢想。

他眼睛上上下下把涼棚琢磨了一下，隨即有了定奪，說道：「好！現在就幫妳做一扇門。」回屋取出效的工具，三兩下子就把其中一片原本固定的欄架變成了兩扇對開的木門，並釘上了門閂。

如此一來，從花園走進涼棚，可以輕易地開門步入小樹林，從枝葉的縫隙望見修道院內的老教堂完整地聳立在遠方。穿過樹蔭步上河堤，往西望去，便是考克鎮的雙尖大教堂巍巍矗立在拐轉的馬士河曲畔。要不，坐在棚子裡的涼椅上，打開兩扇對門，左望花園右觀林木，有花有樹，遂有庭院深深的意境。

初冬，應我的請求，效爲我在林間樹下種下了上百的水仙花與鬱金香花球莖，春天綠樹抽芽時球莖鑽出了葉片，等待開花。

就近照看聖．安哈塔家的花園、菜圃，讓我屏除了搬家環境變化後不必要的農耕壓力，量力而爲的結果更增添了田園享受的趣味。當然，效與我偶然仍會特意彎過「德布斯黑爾」居民農園，參觀「老同事」的園地，分享他們種植收穫的喜悅。

是的！在這個地球上，只要有土地，農藝、園藝的生活就會繼續不斷；只要有新生命不斷從泥土中鑽出，新鮮的人和事就可以不斷說下去。

一片德國甘菊，我常採它泡茶喝。

春天

荷蘭四季分明，有時不免想，自己究竟最喜歡哪個季節呢？

夏天，效與我通常不安排出外旅行。

荷蘭的夏天，豔豔陽光，穿著短袖衣裳輕輕鬆鬆的，也不出汗。坐在濃綠樹蔭底下的躺椅上，泡壺茶、咖啡，或是喝杯冰水，閒閒地讀本小說，累了就小睡一會兒。天熱連鳥啼蛙鳴都噤聲了，小村格外寧靜。晚餐，就近在屋後的菜圃摘取新鮮的有機蔬菜、瓜、豆烹煮。許多歐洲城裡人或其他洲的人，每逢夏日得花錢尋找荷蘭鄉村的風情，我們不必遠求，享受自己的典型歐洲鄉居。

效最喜歡秋天。當然我也喜愛秋天，滿山遍野的楓紅、群樹葉落前一層層明黃淡褐暖調色澤的交叉疊錯，整個天地被渲染得溫柔纏綿且韻味十足。

秋天樹林中還有野生的藍莓可採，核桃、板栗、榛子可撿。退潮時刻，前往出海口的沙灘，可以挖到一桶桶肥美的扇貝，做蛤蜊起司通心粉吃；幸運的話還可在

罌粟。（水墨）
金紅色的罌粟花，每年為花園增色不少。

石頭旁敲下生蠔，回家撬出蠔肉做碟家鄉口味的蚵仔煎。

我也愛戀勁風狂掃落葉後的冬季。花草樹木少去了多添著墨的渲染，裡露出單純的枝幹。舉目望去，大地上只剩下線條，各種形式模樣的線條。遠遠近近其他季節原本模糊掉的輪廓，這會兒面目全清晰明白了起來。土地上不同的線條、輪廓，受寒凍夜以繼日的侵蝕，提持韌力努力抗衡，更加呈現出了不同的挺拔之美。

大雪之後，效拿出雪橇，拉著我在村裡快速地飛跑，我興奮地喊叫：「不要停！不要停！」連作夢，夢都是白色的，效跑著跑著飄飛了起來，我與雪橇也跟隨著浮游空中奔馳了起來，雪花落在臉頰上冰涼的，融入嘴裡甜蜜的。

春天呢？

青黑的樹幹吐出了嫩黃、銀綠的葉芽，花草的莖葉衝出了地面，鳥兒清晨開始歌唱，魚兒水中款擺，小羊誕生了、乳牛離開了禦寒的牛棚走向牧場……。春天，大自然中不論動物、植物都是活動的，一日有一日的面貌，看著特別新鮮。

跟著春日的呼喚，我腳步邁出門外結束了爲期數月的休耕，張羅育種移栽的園藝、農活，賦予花園、菜圃新的生命。

野薺菜。（素描）
春天第一餔野薺菜，拿來包菜肉餛飩或薺菜餃子，滿口清香。

早春三月

白色的雪鐘花，黃色、紫色的龍膽花緊貼著青草開滿了一地。

去年秋末埋在池畔、小樹林樹下的水仙花適時綻放出了黃色的花朵。挺拔粗壯的樹幹下，幾叢水仙盛開，竟比對鄰緊貼著園徑一長排密集的水仙花看來更具姿色。想是花兒植得太整齊反倒變得呆板無趣，零零落落散在樹下、水側，卻生出小鳥依人、臨水攬鏡的柔情。同樣的水仙花，因植花人的不同，也就有其不相同的面貌呢。

幾朵嫣黃水仙花，讓我的小樹林展現出幾分荷蘭最具盛名庫肯賀夫（Keukenhof）花園的神色。今秋再埋幾百粒鬱金香，明年春天小樹林便眞是庫肯賀夫花園的延伸了，我得意地思考出陳布新。

三月初，走到馬士河邊，仍得穿大衣戴帽子。發現去年我撒種的河畔草地，長了一片薺菜，居然已經可以採食。比起去年同時播種「家養」的薺菜籽才鑽出小

苗，是成長得快多了。眞應驗了「野長」容易且壯的道理。

採了一大籃子的薺菜，手都凍僵了。回家擀皮和餡給效包了一頓餃子吃，他滿意地讚美：「今年第一鍤薺菜果然味道特別清香。」

三月底，家養的薺菜也採收了。拿它包餃子、餛飩，煮粥、做飯，還拿來涼拌、清炒，吃得過癮。

與英國好友通電話，不忘告訴採薺的好消息，催促他們快到去夏我指給他們的草場去採摘。久久沒回音，後來告知在另一處運河邊找到了大片。

待效與我四月底去諾丁漢造訪，新鏞、天華特別開車領我們去看他們尋到的薺菜地。望著整個足球場大開著小白花、結著倒三角型果實的薺菜株，天華說：「可惜老了，不能挖了。得等明年。」語氣相當遺憾。

「誰說老了？不能吃了？」我訝異地問。

「新鏞講已經開花，葉就老，不能吃。」她答應著。

我失笑，薺菜可從早春吃到秋末，因隨時會有新株，再者開花結實也沒關係，只選採嫩葉，或用點技巧摘葉時順便去除葉筋，照樣可口。

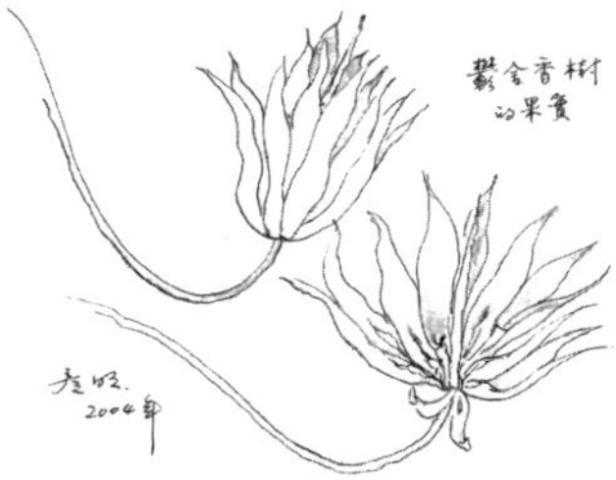

（右）凋零的鬱金香。（淡彩素描、油畫）
我喜歡畫鬱金香的花謝，勝於畫它的含苞或盛開。凋零的鬱金香花有著戀戀不捨紅塵的糾纏。

（左）鬱金香樹（或稱鵝掌楸）。（素描）
花朵如鬱金香形狀，花瓣下部色青綠上端金黃，明麗光豔。果實型態彷彿另一種花開，纖細婉轉。

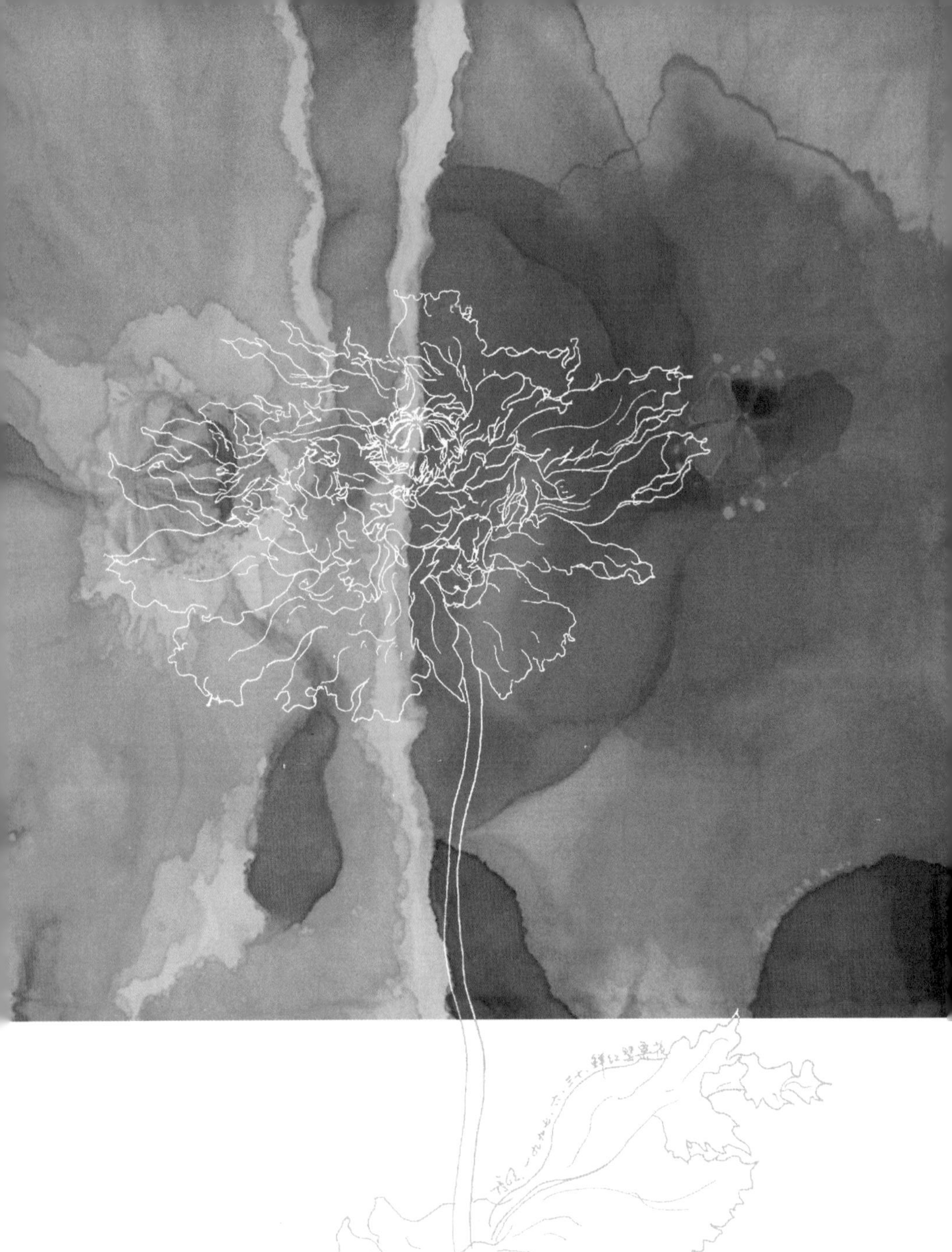

罌粟。（素描、絲畫）
花園中的罌粟花有許多品種，花色、模樣不一；但花瓣不論大小都薄如蟬翼。把它們的色彩渲染到絲綢上，貼放頰邊，輕柔溫馨。

「春樹」。（絲畫）
春天了，紅花、黃花、白花滿樹，還有新生嫩綠葉芽的樹子。舉目望一片片的春樹，總是好心情。

他們恍然大悟而欣喜。又發現我是採薺葉而非挖薺株，省去了回家再整理的麻煩，學了一招更爲高興。

其實，單採葉是爲了留下薺菜株的生命：既然它已生長在土地上了，就盡可能容它完整地走完一生吧！

四月小陽春

四月最早看見的是木蘭花與笛花。

木蘭花瓣呈船型，瓣底淡粉、瓣尖純白，色彩花形都典雅。葉子先不發，整樹嬌美的花朵。村中修道院與考克鎮中心各有一株木蘭花樹，均有相當樹齡，樹形早有姿態，開起花來便是大家閨秀的儀態萬千。

村裡與外界相通的各道村徑，這時候兩旁會衝長起六、七十公分高的笛草，開出一簇簇纖形的白色小花，當然就名之爲「笛花」囉！

笛花雖美，但花謝籽落繁殖得特別快。我喜歡它在村徑邊壓過其他野草占地爲

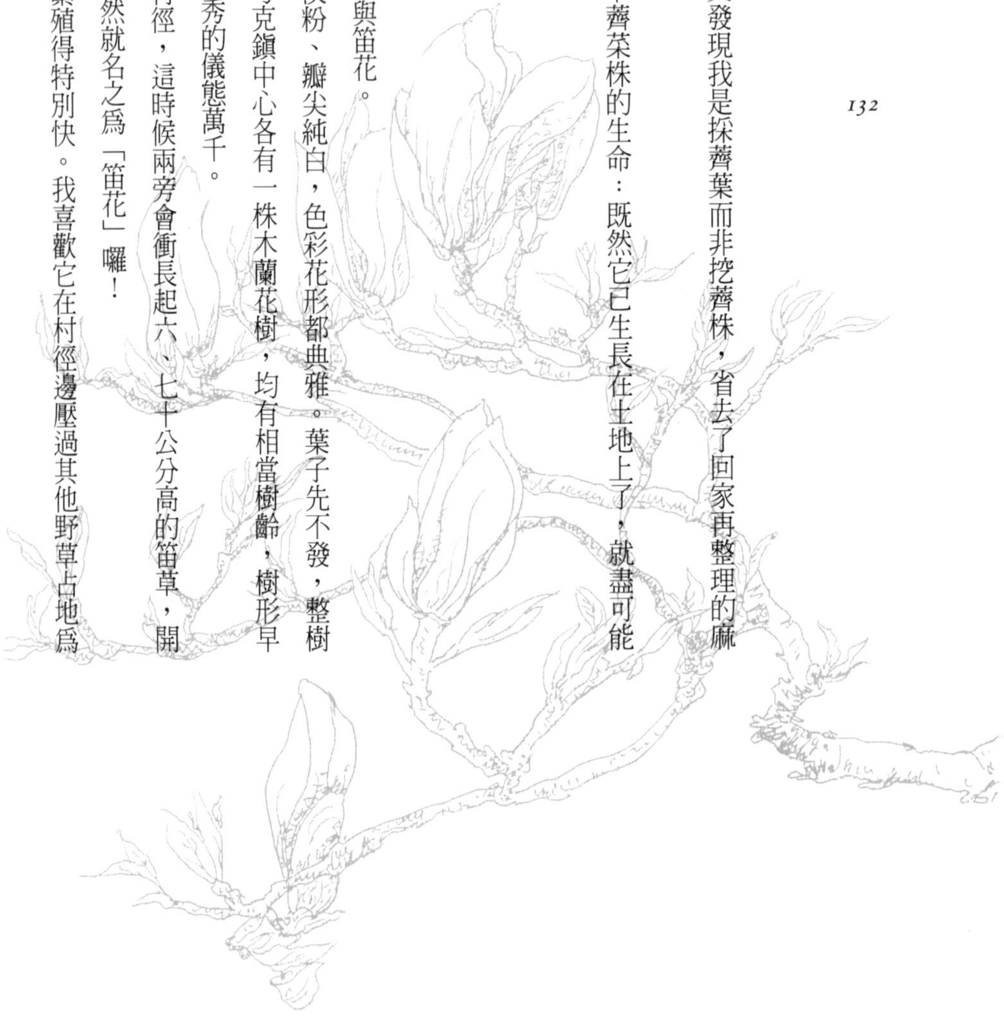

己有的霸道模樣，卻不喜歡它在我的小樹林中成長。倘若林裡發現笛草幼苗，不儘快除去，三兩下它便長成植根極深的高大植株，布滿林間。這時想穿越小樹林，則舉步維艱了。

跟隨著初春笛花的飄搖，空氣中浮散出櫻桃花、梨花淡淡的香味。周圍一樹樹粉紅色的櫻桃花，一整片一整片果園的雪白梨花，及至四月底五月初，淡紅帶粉白的蘋果花也就滿枝，天空的氣味更加甜美了。這種日子很難待在家裡，常常騎著自行車在附近各農莊間遊蕩。

一日，效回家說，「公司的櫻桃樹去年秋剪了枝，現在花開整樹美極了，去不去看？」

十幾分鐘之後，我們站在櫻桃樹下，兩人高的粗大主幹頂端向四方伸張出十枝指頭似的短枝幹，雜枝全無，每枝枝幹四周滿布白色的花朵。繞著它看，幾十年的老幹、分枝，樹皮紋路深刻有致，只覺那形態已不

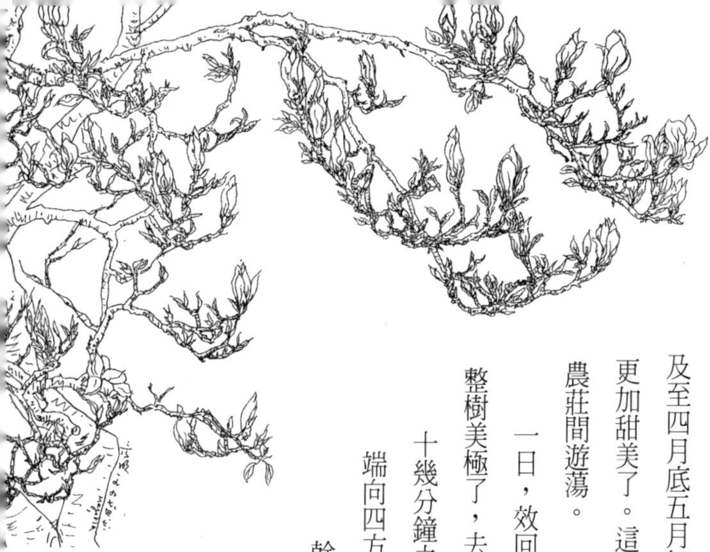

木蘭花。（左圖、右背景，素描）
滿枝滿樹的木蘭花開，我便祈禱能有一段好天氣。木蘭花美，卻經不住一點風吹雨打。

像果樹了，根本就是「藝術」。

這櫻桃樹開白色花朵，因此結的櫻桃果不同於一般常見的紫紅色而呈淡黃色。效在公司工作了十年，從不知停車場邊有一株黃色櫻桃樹，去年方才發現大為驚奇。禁不住我再三懇求，想方設法採了十多粒櫻桃回來。

第一次見黃色櫻桃，沒料到果實會有那麼渾圓透亮多汁的感覺，待放入口中更是有如一股甜香的蜜水。不由笑話效，說道：「唉！你在公司真白幹十年了呢！」

四月的氣溫變化很大，有時太陽一照溫度立刻升高至攝氏二十四、五度，晚上太陽一落下，又降溫至三、五度。這時最怕打霜，一夜霜凍，豈只果樹結果受損，我的茶花，好不容易挨過了嚴冬的花苞紛紛掉落，才綻放的幾朵白茶花、紅茶花也都色變凋零。

園中多年生的酸模，明明才見鮮紅包裹如拳的嫩葉鑽出土面，不經意間竟已層綠疊落，每片葉了都有荷葉那般大小了。翻看葉柄粗壯尺長呈血紅色，哈！可以拔來食用了。

去葉留柄，切段以冷水淹過煮十分鐘，已經變成稠狀的纖維糊，加入白糖，冷

罌粟。（絲畫）
倘若群花選美，大朵罌粟花絕對是大美人之一。
它的花開豔光四射。

涼後呈柔美的粉紅色，看著賞心悅目，吃入嘴裡更是甜中帶著點微酸的滋味滑下食道，清爽可口。

春天第一種從自家園中收穫的食用植物是如此色美討喜的甜點，預示著好兆頭，也難怪一年過得美孜孜了。

菜圃裡去年落下的油菜籽、雪裡蕻籽，長得油綠豐美，開滿了一枝枝黃色的小花。油菜與花薹趁鮮嫩涼拌、清炒或放湯裡，吃也吃不完。雪裡蕻洗淨切碎，鍋裡

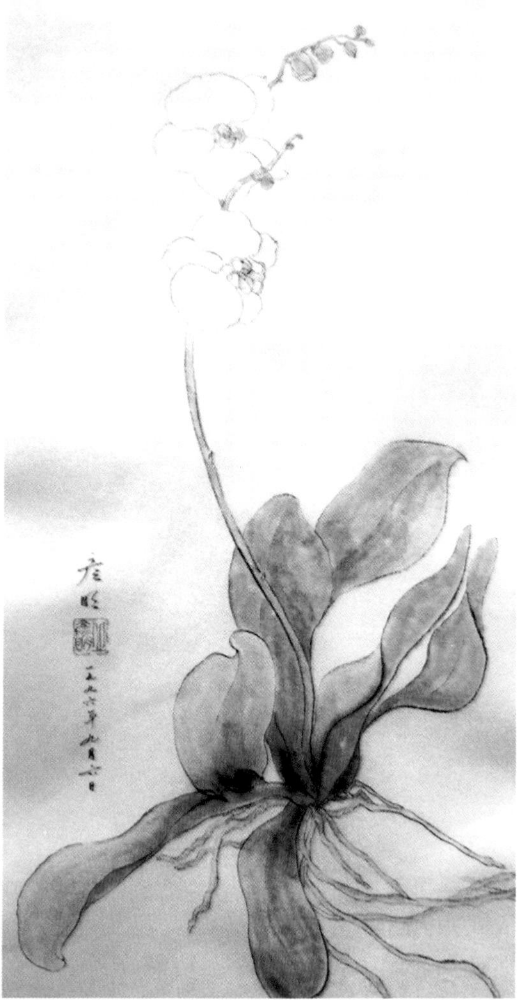

蝴蝶蘭。（水墨）
家中蝴蝶蘭一莖開出兩枝花來，數月不凋。花落後，將花莖剪去一半，不多時又抽出新花枝。蝴蝶蘭花在我眼中永遠端莊典雅。

略放點油及鹽，炒至半熟即入罐密封，竟裝了六、七瓶。送朋友都讚美，說醃漬的雪裡蕻還有些衝菜的辛辣，好吃極了。

香蔥（蝦夷蔥）新發的第一鍤吃不贏，全鉸了切細粒做成七、八罐蔥醬，抹麵包、饅頭，眞香呢！接續長成的香蔥，除採來做蔥爆肉或烘蛋，及菜肴的調料，由它開遍一球球的紫花點綴園圃了。

Rucola去年落地的種子也不遑多讓，嘩啦啦長出了一片，一串串花束，十字形的淡黃白花瓣布滿靈巧的紫色線紋，花托長杯狀呈紅紫色。花兒精緻得像蘇繡讓我越看越入迷，每每看著便要讚嘆造物者居然有如此細膩的心思。

璀璨的五月天

青綠的草場上，黃色蒲公英花熱熱鬧鬧地開了一地。

春天的蒲公英葉青嫩肥腴，涼拌清炒，雖然微苦，舌尖反倒有種味覺受刺激的喜悅。

來自四川的老鄉，看見河堤旁農家懸掛賣鵝蛋的招牌，欣喜地喊：「買兩個來炒蒲公英葉，春天去毒，吃著玩。」

兩個鵝蛋打散，加上洗淨切碎一公斤的蒲公英葉，加點鹽，炒起來墨綠中夾帶丁丁點點的黃色，裝了一大盆。奇了，吃起來居然沒有一絲苦味，而有一種蛋黃油的香氣，難道鵝蛋能去苦味？那氣味繞在嘴裡特別幽長，回味無窮。放在冰箱，走過廚房總會不由自己地取一勺吃，果眞能像零嘴一般吃著玩呢！

春天第一鍤韭菜，當然是這一年最夠味的韭菜。找幾個單身的朋友，包水餃、煎韭菜盒子，一起懷念家鄉：台北、北京、西安、武漢、廣東……的餃子店和其他小吃。

五月末，三月中試播的荷蘭豆種，竟然熬過了春寒冷峭，長得豐豐茂茂，乃慶幸當時不計成本撒了兩排細細密密種了六公尺地。每天傍晚摘一盆豆苗進屋，清炒或放雞湯裡。能在荷蘭東部僻靜的小村嘗到鮮豆苗，何等彌足珍貴，便捨不得加蝦

蒲公英。（素描）
我喜歡採擷蒲公英的嫩葉來炒鵝蛋，或是下麵時放幾片它的嫩葉。蒲公英的花則摘來泡茶喝。種子呢？我吹散它聚成球狀的種子玩。

「藍色花」。（油畫）
把花園中的洋桔梗花剪進屋來，插在花瓶裡，一片水藍。

添肉，願意在品味中留下它完整單純的滋味。

奇異果的新藤與葉子也探春了。初長的藤蔓與新發的小嫩葉細毛絨絨，色澤紅潤。隨著藤子的越伸越長，色彩由紅而褐；葉子自小而大也由色紅轉綠。種植第三年了，今年可會開花結果？

去年夏，新鏞、天華送了我們一株十幾公分高的香椿苗，是他們的朋友從中國取了種子培養出來的。我們仔細去了土，以濕巾包裹從英國帶回了荷蘭種入花園。

一整個冬天，憂慮它的存活。及春，見它細弱的幹頂，彷彿凍蔫了，心中一沉。但，畢竟不願死心，繼續等待。在這明媚的五月，終於等到了它自幹頂兩側衝長出了兩枝分莖，歡喜地鬆了口氣。忙添加好土，去除周圍植物，留給它屬於自己的一小方領地。

「明年，或許可以吃碟香椿皮蛋豆腐了吧！」我對效說。

櫻花樹與河。（石頭彩畫）
有河及一樹樹的櫻花，小村有了桃花源的情境。

去年未收蒜頭，蒜苗一落落四、五莖，隨手一拔就可和自製的川味臘肉炒一盤下飯的蒜苗臘肉，吃了整個春天及初夏，自食待客都受讚譽。

薄荷初發，摘十五公分長，洗淨後取四、五枝插入沖了滾水的高玻璃杯裡，一杯熱騰騰泛著淺綠水色，立著青綠枝葉的薄荷茶，送入口中清火解熱。

初春，燕洪邀我同去德國杜塞道夫（Düsseldorf）逛街，兩人坐在萊茵河畔一家中東擺飾的咖啡店裡，見不少客人面前擺一杯翠綠莖葉的飲料，看著新鮮便點來嘗試，果然飲水清淡帶些衝鼻的涼味而解渴。

我笑道：「挺好喝的，看著也美。一杯兩塊多歐元，我園子裡長許多薄荷，可以如法泡製。」

「那好，以後去妳家，不必給我別的飲料了，就這薄荷茶。」她歡喜地說。

其實不只對她，這個春天來家的親朋好友，人手一杯薄荷茶。我家的薄荷取之不盡。

孔雀菊。花開一片時，黃色帶紅的花色，清雅秀美。肥嘟嘟的蜜蜂，喜歡採擷它的香甜花粉，順便躺在花心中小睡一覺。

（上）「春夏秋冬」。（絲畫）

白樺樹鋸下的枝痕，多年來變成一隻隻歷盡風塵的眼睛，看盡了四季的人情事物。

（下）櫻花樹。（素描）

仔細的畫著櫻花樹的枝幹與群花，越覺得它有顧盼生姿的形貌。

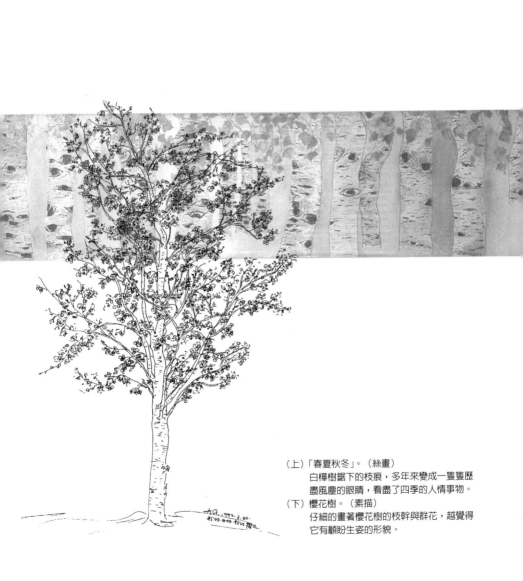

家中另一種春日掐食的嫩莖葉是「菊花腦」。兩年前玉萍分株給我時說家鄉浙江南通話以「菊花ㄌㄠ」稱這根蔓生、葉互生、莖長三、四十公分、頂開紫色花朵形如小菊花的植物，不知學名或俗名如何書寫。最近讀周芬娜《飲食中國》徽菜一章，恍然名曰「菊花腦」，歡欣至極。

當它在春天冒出嫩莖時掐了放湯裡，有種特別的香氣且滑潤爽口。過了季節，葉子的氣味就太濃重了。

把玉萍挖送的幾株根莖，種到菜圃邊的柏樹下，第一年讓它蔓長繁殖，今年便掐取了幾次食用。「菊花腦」果真不擇土壤生得很快，如今蔓生了一小片地，秋天開出紫瓣黃蕊的花朵，替菜圃增色不少。

春天的蔬菜收穫其實多是去年餘留的成果，種類不算多，但吃得歡天喜地，多少帶著不勞而穫的快活吧！

當然，這時節也就得翻地，添加營養土壤，注意各類菜蔬的育苗與播種了。工作繁雜卻心情愉快，因爲進出菜園，穿過花園正值百花盛放，我的花園顏色美極了，連路人都忍不住佇足觀賞，問：「妳整的園子？怎麼安排出這麼美麗

木蘭花。藍天下看花開的新鮮燦美，晨露與夜幕之際則賞它的朦朧迷媚。

的層次與顏色？」

效總是很快地代爲回答：「她呀，天女散花！拿了喜歡的花種就到處亂撒。」

園中草花的確是擇種混撒的成績。只是花出後，我會憑著色彩的感覺去蕪存菁，因此各花在自然之中也就融入了秩序經營的美感。

看那紫藍色的一大叢薰衣草在高起的花壇上展露花姿，挨著它是一株橘黃花色的金盞菊。緊接著低下的花園小徑，一邊是花開紫紅的高莖來路花，與一片黃色大花鳶尾毗鄰；如碗狀大、薄如蟬翼、鮮豔嬌麗的金紅、粉紅罌粟花也挨著做鄰居，池水還有它的花影倒映。紫中帶黃的小鳶尾花從水中伸出；潔白色花瓣蛋黃色花蕊的蓮花也趕著先開幾朵小花湊趣。再伸展過去，白色的瑪格麗特與鮮紅顏色的小

朵罌粟花間雜；另外，白色、淡青、水紅、深藍、黑紫各色各花形的飛燕草，和一串串花色淺紅淡紫的指套花，也不甘寂寞地花啓花落。

花徑另側，麝香草花開粉白，恍若滿天繁星。貼著綠房邊緣，另類大型罌粟花莖亭亭玉立橫排而列，綠葉對生宛如天鵝環翅，花苞則如天鵝垂頸繼之昂首高吟，花萼隨後飽滿迸裂，花開嫣紅。此罌粟不論葉或花皆姿態嫵媚迷人，從不同時刻、不同角度觀看，均有不同風情。

一日，盯著這一落罌粟花看了進去：亭亭高莖展著藍綠色的大葉片飛舞，迎著陽光花朵剔透如吹彈可破的琉璃薄片，迷迷糊糊像是一池田田荷花，讓心神安穩清靈了下來。豈是罌粟花的氣味教人生出幻象，直入昇華的境界？

走向牡丹樹，牡丹花開得風風光光，紅的、白的、紫的，近二十朵，朵朵都比我的臉盤還大，雍容大氣地分立在一公尺高的各棵牡丹樹上。

依伴著它們，同一家族的芍藥花可聰明了，不與牡丹爭豔，倒在它呈現敗容之際，從從容容地膨脹花苞，於五月末呈現出柔情似水的淡粉紅色花朵；團團圍聚的花瓣，每瓣都像舞蹈的纖軟女體，婀娜多姿。今年花開一百零八朵，會是梁山泊一百零八條好漢這一世下凡成嬌嬌美花降臨我家園圃？

走到花園盡端，回首一望，浮貼著屋牆的兩棵橘紅玫瑰，果然在效及時剪枝與整形之下，由「農家婦」蛻變成了「秀才女」，花開八百餘朵，形貌明麗脫俗，春盡夏來！

西洋耬斗菜「巴羅」。（淡彩素描）
院中有三種花色：一為藍色，一為粉紅，另一為青白色。藍色花雅致，粉紅花俏麗，青白花脫俗。

金紅玫瑰。（絲畫，局部）

吃花

「聖靈降臨日」是基督教的節慶，荷蘭把它列為國定假日，放假一天。

二〇〇三年「聖靈降臨」正巧是星期一，加上周末共三天假期，感覺特別輕鬆愉快。

早上，效不必設鬧鐘早起準備上班，臉上帶著舒適的笑意睡著。我悄悄起身溜出臥室，拉開客廳窗帘，迎進一室陽光。

客廳裡擺置了許多盆景，其中令劍荷花正開得熱鬧，二十多朵鮮紅的花朵呈現各種不同的綻放形式：有的仍是花蕾、有的微綻、有的半開、有的盛放、有的則已垂謝。盛開的花朵，鮮豔的花瓣宛如西瓜紅瓤的色澤與多汁。盯著美麗的花，心想同屬仙人掌科的曇花，花謝後煮粥有股特殊的香氣，炒肉絲也清脆可口，照理令劍荷花應該也可食用才是。往年，捨不得這樣美麗的花，只在花謝後將之陰乾製成乾花收集起來，似乎有些可惜。若能吃，它的美麗不就和自己聯繫在一塊兒了？

想了一想，把剛開過的令劍荷花摘了下來洗淨，撕成幾份裹上蛋汁麵糊，放油鍋中炸至金黃色取出。鮮紅的花瓣在金黃色的裹粉中若隱若現，挺好看的。既然炸了令劍荷花，乾脆來一盤繽紛的「炸花」盤吧！開了前門，從前院花壇採下幾朵黃中帶紫、黑紅帶黃的三色堇花，再摘下一朵盛開的粉紅芍藥花，分別把花瓣裹進麵糊裡炸出。

效睡足了，我笑說：「來，吃特製的節日早餐。」

「什麼東西？」他好奇地望著炸物。

「花唄！吃吃看。」自己夾了一塊令劍荷花，味道不錯，只是不及我所想像的香脆。油味掩蓋去了不少花氣。

效遲疑了一下，也舉箸嘗試。品論三色堇花的效果爲三者之最。

餐後，效給公婆打電話說剛吃了「炸花」。

公公立刻反應：「能不能吃哦？小心點。」

效報出花名，公公放心道：「這些亘是沒問題。」

我在一旁聽見對話，不服氣地自言自語：「我當然分辨得出什麼能吃什麼不能

（背景）「花朵」。（絲畫）

吃。」乾脆走到後院撿了一大把早晨風吹落下的粉邊黃心玫瑰花瓣。新鮮的花瓣握在手掌心裡，嗅著香氣盈盈。以水洗淨花瓣，放入玻璃茶壺中，沖入冷開水。玫瑰花瓣全數沒入水中，隔著玻璃看眞是美極了。隨後將製作好的玫瑰水放入冰箱。

效講完電話，我請他喝「冰鎭玫瑰花露」，特意以水晶玻璃方杯盛之，讓兩三片花瓣漂浮在晶瑩剔透的水色上。

效見之不由讚嘆：「眞是好看！」啜飲之，花香滿溢唇舌。喝了一杯不過癮，再續一杯又一杯。整日，我們喝下了三壺玫瑰花露，彷彿整個人都散發著淡淡的玫瑰香氣。

傍晚，效在工作室裝釘新櫥架，我在廚房準備晚餐。心裡一動，就當今天是個「花日」，全天都吃花餐吧！這對我的即興廚藝也是一次新鮮的挑戰。

打定主意，走入花園，瞧瞧「巧婦」如何爲之？

紅油菜薹已經抽出了，有些一不經意開出了幾朵小黃

炸花盤。左邊是三色堇花，中間為令劍荷花，右邊乃粉紅芍藥花。

花。我就著花薹幹子和花莖嫩的部分掐了，一把紫紅色的嫩莖與黃色的花朵和幾片墨綠色的葉子，看著已是鮮美可口。

四月底在溫棚中育出的紅心蘿蔔幼苗，五月中移種至菜圃，因爲種植節氣不對，天氣由寒冷突變炎熱，蘿蔔還來不及長大就抽花了。

吃過兩回如芭蕉大小的蘿蔔，味道是典型帶點辣辛的甜美蘿蔔。只是蘿蔔並非種子包裝盒外所示圖案：紅皮紅心，而是紅皮白心兒。「唬人呢！」不免抱怨商人的不誠實。取了幾棵蘿蔔洗淨丟入泡菜罐裡，隔三日取出，一口咬下滋味香脆開胃。同時竟發現，胭脂紅的外皮已褪色爲粉紅，那原本的胭脂全滲入蘿蔔心子裡頭去了，雪白色的蘿蔔心子被漬染成了均勻的胭脂紅。「眞是紅皮紅心呢！」還差點兒怨怪錯了賣種子的商家。

蘿蔔花屬十字形花科，淺粉紅色的花細看其實十分清秀典雅。拔了幾棵蘿蔔，葉子丟棄做堆肥。以往

令劍荷花。冬天將令劍荷花放在攝氏十度左右的房間凍一凍，並且狠心一個多月不澆水，等春暖便花苞纍纍，這時給水，花就逐漸膨大，開出紅豔亮麗的花朵。

蘿蔔葉總留下炒豆豉，但當種植的綠葉蔬菜豐收吃不完時，蘿蔔纓子也就不省著做菜了。留下花束、嫩莖與小小的紅蘿蔔備用。

院子裡的Rucola正開著花，淡黃白的小花，仔細瞧，薄如紙的小花瓣，浮現出很細緻的褐黃色線紋，像織繡一般。雖開著花，葉子依舊青嫩，我順手摘了一些葉與花。

家中的Rucola是曉紅給的，她記不清來源，只知道種出來如小雪菜葉般葉子看起來應該好吃，採了剁碎與肉餡混合包餃子，一家大小才各嘗一口就不肯再續，皺眉說是太苦。一大鍋餃子全扔了。

我們把曉紅丟棄不要的植株取回家，重新種活，試摘葉片放嘴中嘗試，再三仔細回味，驚喜地發現：義大利式沙拉中的特殊香氣就來自它的效果。

Rucola有股濃郁特殊的氣味，但僅能生食，一煮味道全走了樣。不論做任何生菜沙拉，只要摻入一些Rucola葉，那道沙拉馬上別具風味。

這Rucola在超級市場賣價不便宜，自己種植卻很容易，它屬長年生，種子落地繁殖很快。認識Rucola的形貌之後，常常會在野外散步時發現它的蹤影。唯獨查了

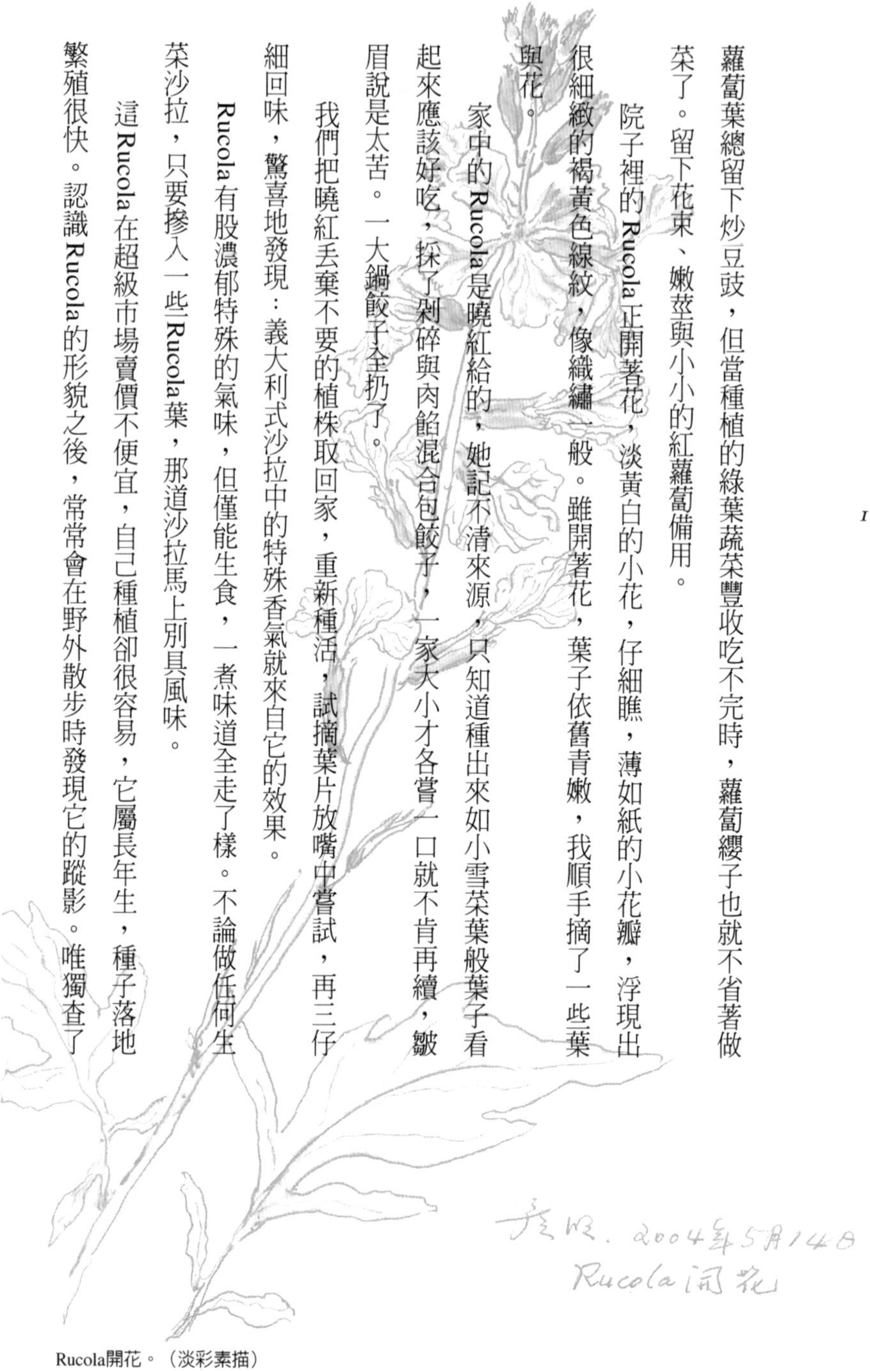

Rucola開花。（淡彩素描）
Rucola的氣味特殊，是我喜愛的沙拉菜之一，十字形的花朵，花瓣線紋彷如織繡，精巧細緻。

許多書籍找不到**Rucola**的介紹，更遑論譯名了。

花園中有一株碩壯盛開的「夜來香」花。

我當然熟悉夜來香，一串白色香氣溢人的花朵。但院子裡這棵「夜來香」卻開放著一串串恍如黃蟬花般的黃色花朵。四川好朋友說它名叫「夜來香」，因爲黃昏時開花。如此一說，效回憶當年在重慶大學讀書時，五大樓旁確實種了許多黃色的夜來香，傍晚時看它從花苞到盛開，不過是五分鐘之內的事。不久前，偶然機會翻閱一本花書，得知其名爲「晚香玉」。

我們因此特意在太陽西下時仔細觀察花株，果然嚴裹著花苞的花萼突然迸裂、拱起，花瓣逐漸伸展，直至花萼片片低垂，花朵盛放過程便在一瞬之間。因爲花多，隨時可見不同花朵的開放過程，一下子這朵花開、一下子那朵花開，幾十朵黃燦燦的花兒，都在這暮色蒼蒼之際綻放，特別有趣。花兒確實散發著香氣，只是不及白色夜來香濃郁。它的花季特別長，從初夏持續至晚秋，每日總有數十朵花在日落時分展露歡顏。

晚香玉的黃色花瓣看起來應該好吃，我剝了一片花瓣入口，清香脆嫩。嗯，採下兩朵盛開的花朵。
香菜也因天熱，忽地一下抽長開花。香菜葉、香菜花、香菜籽都是做菜的好配料。
雪裡蕻也礙於氣候的巨變紛紛抽花，花莖頂端散開一些小黃花與花苞。採集下一些鮮嫩的花朵、花莖以及菜葉。
薰衣草在花壇中開了一片，初展的紫色花束除卻香氣襲人，顏色更是賞心悅目。講究格調品味的花餐，怎少得了這高貴的紫色？
倚著屋牆種植的兩株攀爬玫瑰，因正是季節，此時盛放著數百朵橙紅與橙黃玫瑰花，從牆腳一直開到二樓窗檯前，花朵顏色嬌柔氣味芬芳。每回立在玫瑰樹下，不覺癡笑，自己恍如開屏的孔雀，持著錦繡的尾扇顧盼生姿、洋洋得意。
摘下數朵玫瑰，自然是待會兒晚餐重要的備料。
花園裡繞了一圈，拎回一滿籃子色彩妍麗的花朵。顏色很輕易地觸動了腦子裡細密的靈感，我立刻勾勒出了一道道菜肴的輪廓，有如神助。

金黃玫瑰。陽台依著屋牆有兩株高達二樓的玫瑰花，花開數百朵，香氣襲人，是冰鎮玫瑰露最好的食材。

涼拌花盤。醃漬的玫瑰花瓣與紅心羅蔔片。

首先，玫瑰花瓣洗淨瀝乾，取三分之二以糖、醋醃漬。紅心蘿蔔四分之三切成長橢圓形白心紅邊的薄片，另外四分之一切成四公分長的細絲，也以糖醋醃漬。

一小時後，把醃漬好的玫瑰花瓣一片片攤平，圍置在直徑五十公分的大白磁盤最外圈，接著緊貼在裡層圍擺兩圈醃漬好的橢圓形紅心蘿蔔片，再續圍新鮮的玫瑰花瓣，而後在鮮花團中放下蘿蔔細絲。最後，整個涼盤上再撒下幾片鮮玫瑰花，放置冰箱半小時至一小時。

端花上桌，效驚豔，忙取數位相機拍攝存記。

吃這涼盤也有方法，必須將蘿蔔絲、蘿蔔片、醃玫瑰與鮮玫瑰同時放入口中，香香的、涼涼的、淺辣淺辣的、酸甜酸甜的滋味，順著唇齒滑入食道，一下子胃口全開了。

其次，黃色甜椒切成八公分長、一公分寬的細絲，加上Rucola青綠色的葉子，倒入適量醬油及自製的香料醋（醋中加薰衣草、九層塔葉、香菜籽泡製數月以上）拌勻，放在十五公分正方形、五公分高白色深盤中，再灑下淡白黃色的Rucola花與紫色的薰衣草。何等迷人的色彩啊！

很關鍵的一點，請務必費神把黃色甜椒的外皮削淨。如此這道沙拉菜入口，才能達到完美的境界。

第三道菜：炸魚丸切成圓形薄片，先炒好放一旁。再將蘿蔔花莖切四公分長，另留下一把蘿蔔花備用。

鍋中油熱放適量鹽，蘿蔔花莖傾入快炒兩下後，加入炒過的魚丸片，再次翻炒兩下，立即起鍋裝盤。盤子邊沿及做好的菜上全都撒上蘿蔔花瓣，或是整花。先讓淡粉色的花瓣，細雪般落在青綠的蘿蔔花莖與黃白的魚丸片上；再讓幾朵十字形的整花兒飄浮在雪花之上。

不是吹噓，這道菜的賣相端的是清新秀麗，下箸嘗之便是「絕妙」二字。從此，只要家中來客，效便問：「院子還有沒有蘿蔔花？」

第四道，新鮮雪裡蕻炒肉絲。

雪裡蕻炒肉絲是中國家常菜中的下飯好菜，一般使用的是經醃漬後的雪裡蕻。

新鮮雪裡蕻炒肉絲比之無疑更增三分清香氣。

新鮮雪裡蕻葉子、花莖與花混合起來炒肉絲，比起純新鮮雪裡蕻葉片炒肉絲，則又再加添數分顏色與香味。

當然，上桌之際，點撒鮮嫩的雪裡蕻小黃花，自然是重要的調味和盤飾。生鮮的雪裡蕻花兒伴隨入口，使菜肴多帶點兒辣、多帶點著衝鼻的辛香之氣，鼻舌之間因此特別舒暢。

好了，現在是黃色晚香玉蒸蛋了。

雞湯熬熱，慢慢注入已打散加鹽的蛋液中，邊加邊快速攪拌。加入適量湯汁後，擺入洗淨瀝乾的黃晚香玉花，入微波爐以五百瓦電力煮三分鐘上桌。

湯匙舀一勺蒸蛋與黃晚香玉花入口，幽幽的香氣在嘴中逐漸盪開。

「眞香！」效出口再三讚嘆。

第五碟小炒：將大量香菜葉與香菜花切碎，與豬肉末及皮蛋末同炒，加適量醬油，至香味溢出，淋一匙麻油拌勻起鍋盛碟。圓碟碟邊點綴上細碎的綠香菜葉和粉紅的小香菜花上桌。

以此小菜搭配白米飯做爲主食的結尾，了無遺憾。

最後端上甜點：令劍荷花凍。

先以水煮燕菜，然後加入冰糖，煮至融化，放入玻璃容器使之涼凍，色呈透明。

紅色令劍花瓣切碎放冷水中，另取適量燕菜同煮，待水沸燕菜煮化之後，再加冰糖同煮至糖溶。隨即將鮮紅色的花液傾注至透明燕菜凍上，放置讓其繼續涼凍。

冷卻後的雙色涼凍放進冰箱使之冰透。

月見草又名晚香玉，瞧它一分鐘內花開的變化：夕陽西沉的剎那，靜觀花開，既可看見花開的顫動，還能聽見花開的聲音。

雙色令劍荷花凍，倒扣盛在小白瓷盤內，上層白瑩如水晶剔透，下層紅豔如鮮血欲滴，銜接之處浮現一紋淺淺的淡紅色澤。

花凍入口冷涼沁香，甜潤軟滑。

幾道花肴下來，我免不了要佩服自己小資產階級的偉大發明了，飄飄欲仙。

好一餐色香味的享受，正在陶醉地回味，效突然驚覺：「到底黃色晚香玉花能不能吃啊？」

「沒事兒，我不是還活著？」

我淡淡笑著，接道：「中午，我已先採了幾片花瓣試吃了。」

「妳好可怕。請妳千萬別在我上班時試嘗新花。等我開門，妳慘白地跌倒在地上，話都說不出來，花！……花！……花！」效半開玩笑半當眞地警告。

我嘻嘻地笑說：「神農試百草，我遍嘗百花。」話鋒一轉，又對效道：「你花粉症嚴重，多吃家中的花，以花攻花，也許病就好了。」

「想得美。」他不以爲然。

「是啊！吃花變花，花認了你就不再有花粉症了。」我可是當眞。

效滿臉疑惑望著我，過了好一會兒，嘆息：「唉！花毒已經滲入妳腦神經裡去了。」

「瞎扯！喝！」我遞過一杯冰鎮玫瑰露給他，堵住了他的壞嘴。

不同的月份，隨著花園中不同的花開，我們的餐桌上也不時出現美麗可口的花肴。

食花，何其樂哉！

牡丹。（絲畫）

牡丹的故事

二〇〇〇年，天氣特別奇怪，四月份著實熱了一回，有幾日竟可穿短袖T恤，猶疑是夏日呢！五月份又是白日豔陽高照，氣溫極高。五月中旬，牡丹花紛紛綻放了。花開得多不說，色澤比以往更爲嬌豔，朵朵都比我的臉盤還大。孟母三遷，成就了孟子；我們無心爲牡丹三遷，搬家至聖・安哈塔村竟然成就了它們。

次年，效望著熾熱陽光下嬌柔的瑩白色牡丹花、明麗的紫紅色牡丹花，若有所思地自語：「這麼熱的天，花怕是很快就謝了。」

正沉浸於賞花愉悅情緒中的我，聽聞此言，心情頓時一沉。靈光一閃。轉身奔回貯藏室，取出家中三把陽傘，把它們紛紛撐開，擋住照射牡丹花的陽光。

效看矇了。繼而大笑，「乾脆妳自己也撐把陽傘與花合拍一張照片。」

效按下快門，照下了一張相片：我撐著紅陽傘，揚眉巧笑；牡丹花們則分別躲在藍格子、綠色與褐色的陽傘下，清涼舒適，愈顯雍容華貴。

今年家中各株牡丹枝葉更顯粗壯，花也較往年開得更多、更大，色澤更鮮麗。

有了數位相機，不必購買底片與花錢沖洗，打從牡丹花苞初起及至花開凋落，從早到晚我便拿著相機遠拍近攝，捉取花的全貌與各角度的局部特寫。幾百張照片拍攝下來，終於在相機裡捉住了牡丹花的絲質光澤與晶瑩剔透的質感。當電腦把牡丹天仙般神貌顯像出來，那一剎時，哦！不知天上人間。

一日，我蹲在粉白千瓣嫣紅花心的牡丹花前，就著一樹盛開的六大朵花素描。畫完一張丟在身邊地上，再畫另一朵，第四朵花畫至三分之二時，一隻肥胖嘟嘟的蜜蜂飛了過來，在我面前繞了兩圈，居然不理會我的存在，停在畫了三分之二的牡丹花上。

蜜蜂傾著牠的吻在柔荑線條勾勒出的花瓣間團團轉，尋找著花粉亟欲採擷。

不可能啊！是花了眼？忙眨幾下眼，確實蜜蜂嗡著唱歌在紙上爬行。多想去取伸手可及的相機，卻又不敢動彈，甚至原本畫畫的手，也持著筆屏持住，生怕驚走了蜜蜂。

（上）黃色鑲紅邊牡丹。（水墨）

坐在花旁勾勒這幅牡丹花，八小時不食不飲。

（下）扇面牡丹。（水墨）

把胭脂紅的單瓣牡丹花畫到扇面上，搖著牡丹花扇，似乎仍能聞得到牡丹略顯濃烈的香氣。

大約一分多鐘吧！尋覓不著花粉，蜜蜂失望地撲翅飛開了。我彷彿愣過幾個世紀方才回過神來，心中怦怦急跳不已。

接下來的幾朵花，筆下顫抖，明白自己畫得魂不守舍。

聽見開門聲，效下班回來，我激動地血流湧至額頰，衝前過去脫口要說今日奇景，話到嘴邊自己又吞嚥了回去。接過他的公事包，若無其事地問：上班有什麼新鮮事？餓了沒？想先吃啥點心？

夜深，兩人躺在床上喁喁細語，方才輕輕悠悠地敘說牡丹花、蜜蜂和我的故事，清淡得像轉述一樁別人的神話，與己無關。

「哇！好棒，妳的畫已經達到亂假成眞的境界了。恭喜妳。」效歡喜地祝賀我，追問每一細節，聽得津津有味。

最後，不免問道：「妳現在心裡究竟什麼感覺？」

我咧著嘴笑了起來：「好笨的一隻蜜蜂！」

那夜，我是含著蜜糖的笑容沉睡，醒時，嘴上眼角還是揮不走的笑意。

牡丹盛開時，陳崗正在洛陽開會，躬逢其盛見到不少名種牡丹花，特意越洋電話讓我們羨妒。

我立刻央求他，趁便撥空找一找黃色複瓣鑲紅邊的牡丹籽。十年前，在荷蘭中部阿姆斯福特（Amersfort）市郊的一個花苗店，曾購得這樣一株牡丹苗，驚喜至極。捧回家中細心培養，果然花開雍華高潔。我看花看得癡迷，實在不解一朵花怎麼可能每片花瓣都生得那般周全精緻？忍不住依著花樣仔細地拿毛筆勾勒，八小時不與花朵須臾分離、不吃不喝地畫下了一幅彩色水墨畫，待把它每片花瓣、葉子的形貌、顏色、轉折都留到了紙上，方才擲筆，安心滿意地癱在一旁，望著盆中的花與紙上的花微笑。

當年牡丹難求，愛之過甚，不捨植於地裡，將其養在花盆，隨著天氣變化四處挪移，暴風雨時搬到車棚下、太陽大了移至陰涼處、天冷了轉放室內，不願稍許委屈了它的金貴。

等明白順應牡丹習性的道理，這株牡丹花已因過度照拂而枯死了，惋嘆已然無濟於事。每次望向懸掛在客廳裡——盛開的黃色複瓣鑲紅邊牡丹花畫幅，便會閃過不可抑扼的悵惘。

從此，每年春天，我便拉著效在歐洲各地尋找此一品種的牡丹。一直沒能如願，總覺是樁心事。

這兩年，荷蘭一些花苗商店從中國大陸進口較多牡丹苗，價格不高，但花色都是凡品的白色、紅色、紫色與粉紅色。不似早些年，偶然在大花苗店驚奇地發現一、二株牡丹苗，價格昂貴，品種奇特。

今年早春的一個周末，效與我又特意長途跋涉，從住家的荷蘭東部開車到西部，想尋多年前無意間撞到的一家中國苗圃店，試看有無黃色鑲紅邊花的牡丹樹。麗絲（Lisse）鎮周圍的園圃都教我們踩遍了，卻找不著余根先生的中國苗圃中心，問當地同行也都搖頭不知。從晌午一直尋至近日落，仍不得要領，除了放棄也眞是無能爲力。歸途，效見我無精打采，體貼地故意繞道阿姆斯福特花苗店，盼能出現奇蹟，可惜一株牡丹苗也見不到，益發頹喪。

尋找黃色鑲紅邊牡丹花苗，幾乎瀕臨絕望，陳崗人在洛陽的消息，教我心神一振。

陳崗腦筋活絡，公事忙碌分不開身，轉煩旅館服務員代爲採購。

「牡丹籽買到了，」他電話報告好消息：「只是種子混雜，你們培養三年開花後就知道顏色了！一包五十粒，我買了兩包。」語調既貼心又促狹。

乖乖，培養一百粒牡丹籽，呵！工程浩大。面對有挑戰性的新生事物，我喜歡，效更是興奮不已。

種子還沒寄達，我倆已經盤算一百棵牡丹花株長大後的問題了：花園不可能大到種一百株牡丹，怎麼辦？拿出去賣，一粒一元人民幣的種子，三年後帶花蓇朵的花苗荷蘭市價歐幣十五元左右，我們只賣十元就好，一百元人民幣的投資，可有一千歐元的收益，這筆生意不錯。當然這僅是玩笑罷了。

效又出主意，乾脆把現在花園前後的樹籬全挖掉改種成牡丹。牡丹爲籬，夠富貴氣派吧！我連連贊同，拍手稱奇。

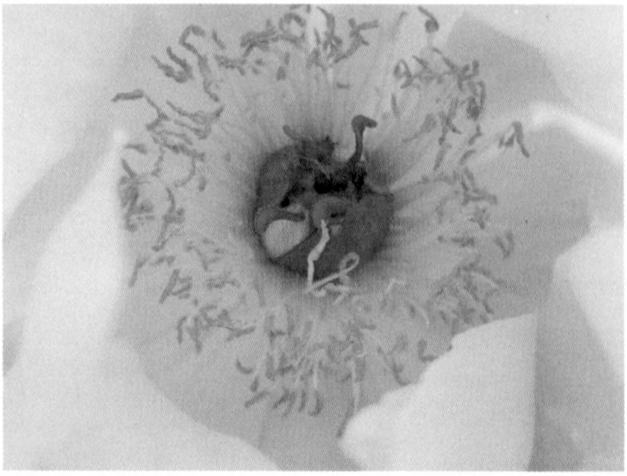

牡丹花蕊。白牡丹的花心呈淡粉紅色，雌蕊嫣紅，雄蕊明黃，玉潔冰清。

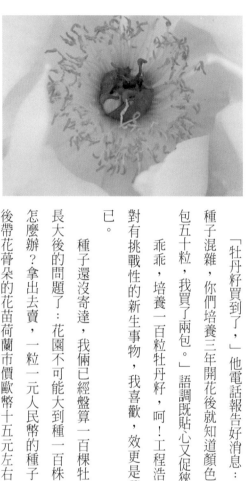

賈若瑜也愛花，去年在我們的指引下，前院也種上了牡丹，今年又投資加添新苗。聽說我們竟要以牡丹做園籬，爲牡丹的可能「淪落」，心疼地說：「等我掙錢去買一個大農莊，留足夠的地讓你們種牡丹。」也是癡人夢語。

五月十四日，陳崗託寄的一個小塑膠盒由陳長桂遞給了我們，裡面順序列著七個紙包，紙上註明品種。打開來瞧，一粒粒牡丹籽，黑色具光澤，大小恍如花生

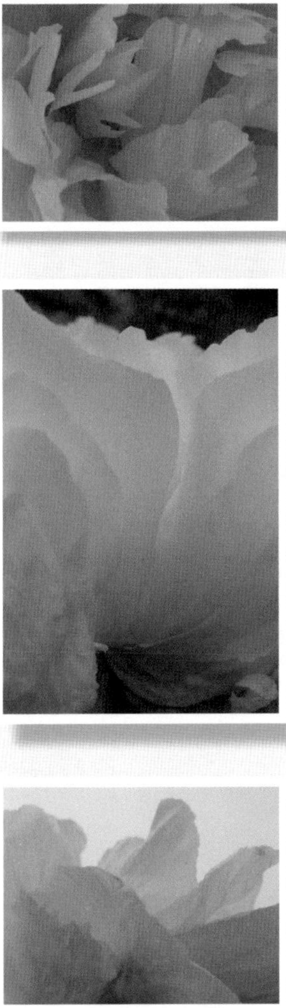

白牡丹。透亮翻飛的花瓣。

米，外殼堅硬。細細數了一數：雜色兩包共八十八粒、洛陽紅五十二粒、白色四粒、魏紫六粒、黑色五粒、翠綠四粒、姚黃五粒。總計一百八十四粒牡丹種子。

不是說只買得到雜色牡丹籽嗎？

原來我們幸運，洛陽會議中陳崗的一名同行找到了分色牡丹籽，知道他代友覓種，好意地代購了一些品種。

捻起標明「姚黃」的牡丹籽，輕輕放置手掌心中細細端詳，竟患得患失了起來，這到底是不是我朝思暮想的牡丹？

一百八十四株牡丹要種到哪兒？當種子眞正陳列眼前時，土地不夠大的問題變得明確了。

「能種哪兒呢？重新再租居民農園？可是種那裡沒法賞花，說不定還全被偷走呢！」我憂心地問效。

「先用小育苗罐把苗育出來，再考慮這問題吧！」他實際多了。

陳崗又來電話，好意相告：「一位賣花種的人講，先把花籽在水裡泡一天再種到土裡；另一位說，得把種子泡在水裡等到發芽。」

後者的說法我不以爲然，心想：那種子不泡爛了?還冒得出芽來?不過，有些水分促進發芽的說法，我是相信的，以前生物實驗育種，就是把濕棉花平攤在培養皿上，再將種子安置其上，自己曾有實際操作經驗，堪稱老手。

尋出許多塑膠盒，打濕廚房紙巾鋪就，放上牡丹籽，標明顏色。

兩星期後不見動靜。幾粒種子似乎還有些發霉現象。

效因此批評我的方法不成功，自作主張加入許多水，讓種子泡在水中。

兩日後沒有反應，我跟他商量：「泡水時間太長眞不行的，種到土裡吧!」

「當年我把蓮子泡水裡，用鑽石刀在硬殼上劃兩刀，不就發芽了?」蓮子殼硬，效確實用他公司生產的鑽石刀劃開外皮促其發芽，非常成功。

「拜託!荷花是水生植物，牡丹是喜高燥的植物，怎能相提並論?」我堅決不讓他割裂種子外殼，並努力說服他及時改換培養方式。

次日，假期，效一反常態，早早起床人就不見了，躲在貯藏室內專心接弄一個電子儀器。

「你幹嘛呀?!」我稀奇地問。

「做一個恆溫加熱器。」他頭不抬地忙著手中各色電線，邊回答著。

「做什麼用？」追問。

「或許室內溫度不夠高，牡丹出不了芽。做個恆溫加熱器保持高溫幫助種子發芽。」他兩隻手仍繼續忙碌。

下午，效開心地拎著製作好的控溫儀器走進廚房，歡天喜地地問我：「要參觀控溫育種箱工作嗎？」

我忙不迭地點頭：「好呀！當然要啦！」

咦！好傢伙居然利用廚房烤箱當做育種箱，也虧他想得出。

見他把一只一百瓦的電燈泡放在烤箱底部，電線從烤箱後邊的空隙穿出到外面，與擱置旁邊的控溫器相銜接，再把控溫器的插頭插上，接通電流。控溫器溫度調至攝氏三十度，一達到溫度，亮著的燈泡就自動熄滅；溫度若略降低於三十度，燈泡又主動亮起。

爲了證實自製的儀器正常工作，他把一根溫度計放入「烤箱」，哦！對不起，是「育種箱」測量，果然紅色水銀停止在控溫器上設定的溫度點，奇妙得很。

白牡丹。四朵大如臉盤的白牡丹花聚開於樹顛，在蔚藍晴空與青綠密葉的襯托下，越顯富貴高華。

效喜孜孜地把泡著水的牡丹籽塑膠盒放入他發明的「育種箱」中，溫度調至攝氏四十度。

「你想煮熟牡丹籽啊！洛陽什麼時候熱到四十度？」我焦急地反對。

牡丹。（水墨）
牡丹花開的日子，我特別忙碌，忙著畫每一朵花。

「好，好，好！那麼設定三十五度，可以了吧！」他調動指針。我瞄了一眼，他最後把溫度訂爲攝氏三十八度。

隨後，他老兄端了把椅子坐在「保溫箱」前觀察。這一發呆，幾小時過去了，天色也逐漸灰暗了下來。

廚房臨街，保溫箱一明一滅，黑夜從外面路過，以爲室內如裝置了霓虹燈。效擔心夜半遛狗的村人被嚇著了，依我的建議搭了一塊黑布在保溫箱外面遮光。

這一日，效爲自己的發明歡喜得意，晚餐時慎重地告訴我，今後任何植物育種都方便了。計畫去垃圾場撿一個老冰箱回來專門爲育種而用，到時就不必借用我的烤箱了。

「不對，不是去垃圾場『撿』冰箱，是去『選』一個冰箱回來。」他揚眉加強語氣地說道。這個物資過剩的年代，單單考克區所屬的垃圾場，每星期都可收集好幾車冰箱、電視、收音機、電腦、爐子……。

事隔一日，每進廚房看見烤箱燈不停地一亮一滅，我心裡越是發慌，感覺不對勁。琢磨了許久，突然大夢初醒，馬上取出被遺忘的「花經」，翻出牡丹的培植法重新閱讀。

書上記錄：十月時播種於露天苗圃中，下塡以磚屑與熟炭屑等，上再鋪肥鬆之土，如是越冬，任其冰凍。每籽相隔五寸，噴以清水，頂蓋以簾，避免日曬，當苗抽芽後，宜防風吹雨打，四、五年後，方能開花。

種子任其冰凍，不就類似鬱金香花球莖的種植，我立刻醒悟其道理了。轉讀給效聽，並把領會一併告之。

「花經說的就一定對嗎？妳怎能就相信一家之言？」效不以爲然。

「那你就相信陳崗轉述賣種子人的方法啦！賣種子是生意人，不是種花人。你種不出他還多賣一些種子呢！」此時我腦筋也被刺激得靈光活現。

勸說無助，我嘗試在網站搜尋各種有關牡丹種子的栽培資料，加強說服的資本。集十數位專家經驗，無一不是需經冰凍方能抽芽，並說不過冷寒終生不花。

我逐句逐條唸出來給效聽，先生他的眼睛可是硬盯著金庸大師的武俠小說不動聲色；但，知夫莫若妻，我明白他的耳朵是尖豎著的。

「效，牡丹籽再以恆溫泡水法育種下去，就要全軍覆沒了。」爲牡丹種子搏一生死存亡，我雙手遮住武俠書頁，強迫他正視問題。

「妳好奇怪，我才做一天實驗就非要我放棄。」語氣有些不解和委屈的味道。

「你的發明很厲害，我佩服極了，只是運用在牡丹育種上不對。」我和緩地解釋，又繼續提議：「或許你不該放烤箱裡，應放到冰箱裡。」

效望著我，邊笑邊搖頭，思考了一會兒，說：「這樣吧！分妳一半的種子，各做各的實驗。」

面對一個後腦勺雙旋的固執人，能搶救回一半的牡丹籽，已經是很大的勝利。我當即從烤箱塑膠盒撈出半數浸泡在攝氏三十八度中的各色牡丹種子，另以盒子盛裝，下面鋪以濕巾，注明顏色、數量、日期，放入冰箱。

一周後，拭乾種子，改鋪乾紙巾再度送進冰箱。

接下來的日子，每天效開烤箱控溫箱觀察他的牡丹種子時，我就去開冰箱端詳我的牡丹種子。問他：「你的種子出芽了嗎？」

深紅牡丹。花瓣的色澤質感宛若紅絲絨，花形神色高貴優雅。

「沒有。」他回答。

我跟著說：「我的也沒有。」

「可是，我的很快會出芽，妳等著看。」他信心十足。

兩周過後一個夜晚飯後，效慣例打開烤箱，我也去開冰箱。

「我的牡丹籽好像膨脹了一些。你呢？」我對效講。

久久沒有回音，終於聽到一聲嘆氣，「沒戲唱，我放棄了。」效宣布。

他拔掉了電插頭，取出控溫顯示燈泡，拿出泡水的牡丹種子，一粒粒輕輕拭乾，珍惜地用白紙包裹好，邊包邊說：「妳看，我是用包鑽石的摺疊法包牡丹籽。等十月，再把它們種到培養土裡。」

烤箱復歸烤箱。眞好，又可

紫牡丹。院中有兩株紫牡丹樹，樹高及腰，逐年有花越開越盛之勢。

以烤蛋糕了，我的心情踏實極了。

「冰箱的牡丹種子，我預計冰凍它們二至三個月，然後種入培養土。」我對效敘述自己的長期牡丹計畫。

呂玉萍帶兩個女兒來家裡，不忘關心地詢問烤箱裡的牡丹籽，因她們見到效裝置控溫器的實景。

「嗯！烤箱學派陣亡了。冰箱學派還存活著，等待最後的勝利。」我歡快地回覆。見她們臉上迷茫，解釋了原委，順道展示讓一達、一明兩個小女孩看冰箱裡的種子。

玉萍聽了笑得不行，「你們兩公婆，一個冰箱、一個烤箱……」

沒待她說完，我嘻笑地接話：「一熱一冷，夠滋味吧！」

一日，《人民日報》海外版報導：一株人高的牡丹樹王與主人的故事。讀完文章我最深的印象：老人一天到晚坐在樹前守著他的牡丹花。效看過內容後，慨嘆：「老人說很多人把牡丹養死就是亂剪枝的緣故。他的牡丹成精，因爲他從來不剪它。看來，我以後不該剪牡丹樹了。」

去。

聽「剪刀手」主動聲明不剪牡丹樹了，我大喜過望，多年的夢魇可望成爲過去。

這回牡丹花謝，效果然信守諾言只掰去凋零的花朵，同時在每株牡丹樹上留下一個最豐碩的果實，等待收集種子，好爲它們繁殖子孫後代。

「農莊的草垛」。（油畫）

驚喜

一大早效起床準備上班，我明明是清醒的偏偏賴在床上。

早餐，牛奶加穀物很容易，營養也足夠，讓效自己張羅我並不罪過。午餐的三片麵包，我已替他夾了果醬、奶酪和火腿肉片，臨睡前和兩個水果放置妥了，只需打開冰箱拎走就行。起床後上班前，效可以自在地邊吃早餐邊讀報，同時思考一日工作的進行。這時，我獨臥床上，耳朵分辨著鳥啼風聲，腦子裡給要寫的文章打草稿。

我一直相信睜開眼後，夫妻應各自擁有一段自己的時間、一塊自己的空間不受干擾，才會有順暢愉快的一天。要膩在一塊兒，下班後到睡眠前有的是時間。

出門前，效當然不會忘了返回臥室親一下老婆。我這才下床來，拉開窗帘。一看，清朗的藍天，悠悠飄浮著幾朵白雲，腦子裡打好的文章草稿馬上寄存到記憶庫裡了。豈能辜負這般好日子，走路、騎自行車、開汽車都行，總是要到外頭逛一

鴕鳥喝水。（素描）
鴕鳥喝水時，長脖子全伸進水槽內，只見身子、翅膀和兩隻細長的腿。

圈。回家後，轉進花園、菜圃裡拾掇這擺弄那，直到盡興方肯進屋寫作。

我的日子便這樣過得毫無章法，先起必有一套完整系統的規畫，而後一定變成隨性，想做的事沒做也無所謂，反正這年頭，一年裡真正必須做的事也沒幾樁。

就在散漫、閒遊之間，許多「驚喜」被不斷挖掘了出來！

鴕鳥與袋鼠

講去農家看鴕鳥和袋鼠，遠方的朋友反應是難以置信。非洲的鴕鳥、澳洲特產的袋鼠怎麼會在穿木鞋的歐洲荷蘭出現？

說老實話，這對我也是新鮮事。

每逢春、秋，莉亞會約我騎車出遊野餐，在周圓十里地轉悠。幾年下來還沒重複過路線呢！就是她引領我到鴕鳥和袋鼠的跟前。

與聖・安哈塔村緊臨的烏菲爾特村裡有一間園藝雕塑工作坊，主人住家與工作坊中間一片寬闊的林園，我在這裡和澳洲袋鼠相見了。

我站在圍欄外，相隔一尺，袋鼠以兩隻強健有力的後肢支撐著身體，兩隻細短的前足縮在胸前，直挺挺地坐著與我對峙，純白的皮毛，尾巴長長地拖在草地上，在陽光下瞇著眼睛打瞌睡，一根根白色的眼睫毛歷歷可數。偶爾略睜一下眼，也不知牠見著我了沒？反正與牠無關似的，鼠型的臉部毫無表情變化，又慢慢地合上眼瞼，繼續牠的白日夢去了。見此狀況，我不由地搖了搖頭，心想：果然「鼠」輩無情。可是牠模樣又長得「乖」，即便知其無情，還是喜愛。

突然看見袋鼠的腹部動了一動，一隻小袋鼠從母親肚子前的袋子裡鑽出了小腦袋，好奇地溜著圓圓的眼睛望著我。嘿！跟她母親的冷漠完全不同，天眞活潑，到底尙未涉世。

園藝雕塑工作坊的主人家，原有很大的農場，養了各式各樣的動物。農場收掉之後，除了狗以外，唯獨留下了袋鼠，如此，澳洲袋鼠成了他們家二十五年來的寵物。

共有十二隻大袋鼠、十隻小袋鼠，生活在主人闢給牠們的保留區內。園裡鬆鬆散散栽了五、六棵幾層樓高的大樹，還建了四個小木屋，袋鼠就在木屋、樹間穿

白袋鼠。袋鼠前肢退化，後肢特別強壯有力。

梭、跳躍。

有隻灰色袋鼠側躺在一棵大樹下睡覺，小袋鼠偷偷地溜出袋子，在媽媽身邊繞了一圈，又爬回袋裡去。這隻小袋鼠膚毛卻呈純白色，是否來自父親的遺傳？

主人說，袋鼠有白色基因，只是經常隱性，因此生下的小袋鼠有灰、有白一點也不奇怪。

從主人口中得知，他們家的母袋鼠通常一年生一隻小袋鼠。何時產下小袋鼠，主人家並不知道，因爲母袋鼠袋中有乳頭，產下的小袋鼠一出生就窩在母親溫暖、有得吃的袋子內。所以，一定要等到某一日小袋鼠探出頭來，才知又有新生命呢。

「在荷蘭袋鼠好養嗎？」我問。

「好養。什麼東西都吃，吃剩的食物無

白袋鼠與小木屋。袋鼠進屋前還回頭張望張望。

論葷素都不挑剔。冬天寒凍也不怕。不需要特別照顧。」主人回答。

「不過，」主人接道：「和養其他寵物不同，袋鼠與人不親。」養牠一輩子大約十年也親不起來，果然與我相其面貌所得結論不謀而合。

「這倒好，養了牠們心裡也不會牽掛了，是不是？」我說出自己的感受。

主人沒有答腔。二十五年，這一家族袋鼠，一代接一代在他們家生，在他們家死。袋鼠雖無情，主人可是有意。

回家當然做些功課，通過百科全書對袋鼠增加一些了解：袋鼠，kangaroo，袋鼠科，約四十七種澳大利亞有袋鼠類統稱之。體長約二十三厘米至二點五米以上。特點是有一對細長而有力的後腿，用來跳躍。有一條尾基粗壯的長尾，保持身體平衡。後腳的第四趾最長，稍長於第五趾，第二、三趾極小而癒合在一起，除一個種外均缺第一趾。前肢短，功能頗像人類的手臂，但各指都具利爪，拇指也不能對

母袋鼠與小袋鼠。（素描）
小袋鼠在母親腹部的口袋中探頭探腦、鑽進鑽出，有趣極了。

掌。頭較小，耳大而圓，口小，唇凸出。毛柔軟像羊毛，多數種的毛爲灰色。袋鼠通常每年產一子，多數種一經分娩又立即交配，但胚胎植入可能延遲數月。幼子產下時僅部分發育，卻能自己爬進母體腹前的育兒袋內，並吸附在一個奶頭上。母袋鼠擁有四個奶頭，通常僅兩個有功能。幼子留在袋裡數月，然後和母親一起生活一段時日吸吮乳汁。

知道了袋鼠人家，只要騎車出遊，我便會繞過園藝雕塑工作坊去看看，看小袋鼠是否又長大了一些？看有沒有新生的小袋鼠？觀察牠們怎麼利用被稱爲「第五條

（上）灰袋鼠前肢雙捧蹲坐著，神情嚴肅，像是祈禱。
（下）袋鼠。袋鼠的長尾巴有平衡身體的作用。（素描）

腿」的粗壯長尾，在跳躍間保持平衡。尋找牠們後足缺少的第一趾，希望像找幸運草葉子那樣能有奇妙的發現。

也許去探望袋鼠的次數多了，有時看見主人坐在工作坊的落地窗裡雕塑，我向他微笑，沒有反饋，他和圍欄中的大袋鼠一樣，對我視若無睹，只是專心地捏著他的陶坏。

彎進比爾斯村廢置風車邊進去的一條僻靜小路上，怎麼也想不到這裡掩隱著占地半公頃的鴕鳥農場，二十七隻高大矯健的鴕鳥以此爲家。

彼得‧凡‧胡克（Peter van Hoek）先生矮矮胖胖的，與他的鴕鳥體形成明顯對比。他曾是個成功的進出口禽類的商人，十二年前決定退休，好好享受自己的業餘嗜好。

悠哉的日子沒過多久，充滿精力能量的他便按捺不住寂寞了，腦筋裡又輾轉著要做點什麼的念頭。首先，他想接管聖‧安哈塔村的葡萄園和酒窖，可惜談判失敗。後來，有人因他進出口禽類的經驗，詢問他幫忙進口鴕鳥，五年前彼得終於決

鴕鳥下蛋。母鳥下蛋要起起坐坐重複許多回，公鳥不時會前來關心一番。

定——建立自己的鴕鳥農場，以養鴕鳥爲退休嗜好，與其共度餘生。

彼得爲進口及經營鴕鳥農場，做了許多鴕鳥的研究，再加上實際飼養經驗和好口才，他的鴕鳥經可是一套接一套。

一般人把鴕鳥分成三類：紅頸鴕鳥、藍頸鴕鳥和人工飼養鴕鳥。紅頸鴕鳥較危險。

動物學家則把鴕鳥分五個亞種：北非鴕鳥、東非（亦稱馬塞）鴕鳥、敘利亞鴕鳥，這三種均爲紅頸鴕鳥，索馬利鴕鳥和南非鴕鳥乃藍頸鴕鳥。敘利亞鴕鳥因人類濫捕濫殺已於一九

鴕鳥跑步。公鳥黑羽白羽相間，母鳥則為灰羽。跑步時裸露雙腿，很性感呢！

四一年滅種。南非鴕鳥，爲藍頸鴕鳥，頭冠上長有羽毛，頸部灰色，繁殖季節呈紅色，雄鳥腳部鱗片亦成紅色，無白色頭環。

彼得的鴕鳥即南非鴕鳥馴養衍化，再經雜交培育出的品種：保持原外貌特徵，但體型較小，腿及頸較短，軀體較寬長，喙較短呈圓形而非尖狀，羽毛之羽枝較寬，白色羽毛較多。

彼得告訴我，他從非洲進口鴕鳥到歐洲價格非常昂貴，因爲飛機的運輸有危險性，一隻大鴕鳥需要花費五至六千歐元。

鴕鳥肉屬白肉，沒有脂肪，對喜葷食者是很好的肉類。我告訴彼得，我挺喜歡鴕鳥肉的味道，鴕鳥肉排煎起來像牛排，肉質很嫩。彼得馬上很專家地說道：「比牛肉還要甜一點。」

唉！眞羨慕彼得能吃到最新鮮的鴕鳥肉，難怪能品出其中的甜味來。

「你自己宰鴕鳥嗎？」我關心地想知道怎麼殺肉用鴕鳥？

「荷蘭規定不能自己宰鴕鳥，必須送到專門屠宰場去。」彼得回答。

在我不停追根究柢之下，得知：公鴕鳥與母鴕鳥肉味沒什麼差別，只是從公鳥

（上）母駝鳥毛。你說像不像風中的蘆葦花？
（下）公駝鳥毛。黑羽、白羽相雜，羽管筆直有力。

身上得到的肉較多。宰完後一星期內的肉味道最美。「啊！頸肉做湯，棒透了！」彼得作出回味無窮的表情，我猛嚥口水。

「下次什麼時候宰鴕鳥？可以向你買一些嗎？」我祈求地詢問。

「妳知道一粒鴕鳥蛋等於三十個雞蛋嗎？」我暗罵壞蛋，這老奸巨猾的傢伙居然不正面答覆問題，還轉移內容。

我搖頭，真不知道它如此夠分量。「那鴕鳥蛋又是什麼味道？」又問，對吃我總充滿興致。

「味道不同於鴨蛋、鵝蛋，跟雞蛋沒什麼兩樣。」他描述。

既然鴕鳥蛋和雞蛋味道相同，那就不必嘗試了，一次三十個雞蛋黃的膽固醇，我還想多活幾年咧！

彼得特例帶我去看一處「禁地」。

一隻母鴕鳥正準備下蛋，地裡凹下的沙坑裡已經產下了三顆蛋。鴕鳥產蛋，每次由三至四隻母鴕鳥在同一沙穴下蛋，合產十五至六十枚帶白色光澤的蛋。彼得講，一般人養鴕鳥，平均每年每隻母鳥產三十個蛋，他養的鳥可產五十五個蛋，言

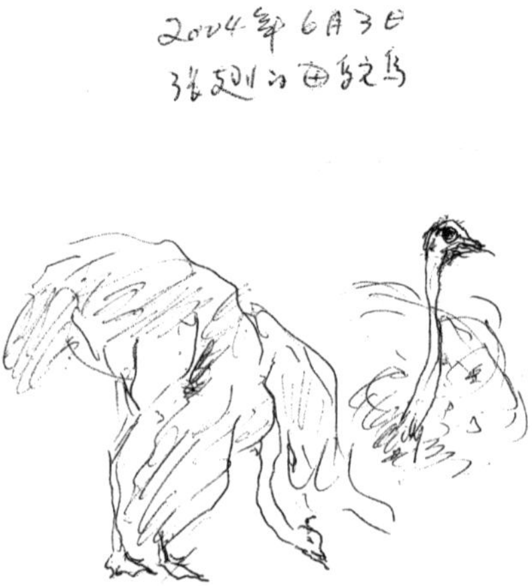

張翊的母鴕鳥。（素描）
一張翼，裸裎的大腿及身子不免走光，鴕鳥們早習以為常。

下十分自得。

他教我如何從母鳥重複站起、伏下，以及長頸伸動的不同表情，判斷蛋是否能下來。觀看的過程十分有趣，別的母鴕鳥有時會跑過來關心一下，公鴕鳥也不時過來溫存母鴕鳥一番，也看看牠的成績。鴕鳥大約長至一年半到兩年就可以開始產蛋了。

我問彼得，怎麼取鳥蛋？

他眨眨眼，取過倚在牆邊的一把掃帚，比畫伸進鐵欄杆裡一送一拉的動作，嘴裡講：「簡單，這樣一掃就過來了。」

他拿起地上的鴕鳥食讓我嘗，三公分長，一公分直徑的黃色乾食，主要是由紫花苜蓿壓製而成，含有百分之四十高蛋白成分。彼得告訴我，就是這種特別自英國訂購的食物，讓他的鴕鳥肉和蛋，產量與品質比別人高。我細細嚼了嚼品味，唉！說老實話，不就是乾草嘛！很多纖維質，有些草香，我不想生做鴕鳥。

再去收藏鴕鳥蛋的庫房，數了一數今年他已收了四十多個

鴕鳥。（素描）
從錢包裡翻出一張小便條紙畫鴕鳥。紙太小，只好旋轉九十度來畫張開雙翼的姿態了。

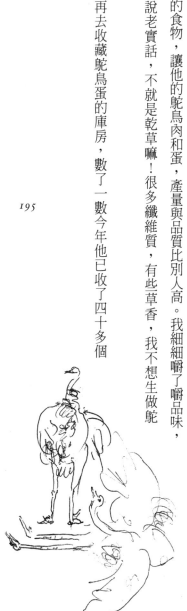

蛋。一粒粒直徑十至十五公分，長十五至二十公分，世界上最大的鳥蛋排列在架子上。彼得拿下一個讓我掂一掂，眞沉呢！「兩公斤。」彼得得意又爲我上了一課。

鴕鳥孵蛋由公母鳥輪流，母鳥上白天班，公鳥値夜班，孵化期約四十二天。彼得不讓鴕鳥自然孵育，因成功率低。他採用攝氏三十六度的孵蛋器來幫助孵化。

說到小鴕鳥出殼，彼得滿臉綻放光彩：時間一定要掌握得恰到好處，敲出一個小洞，否則一缺氧，小鴕鳥就死在蛋殼裡了。

「這是特技，接小鴕鳥出世是我眞正的嗜好。」彼得開懷地說。習慣周末出門，爲了保證每隻小鴕鳥都在星期一至星期五中間出世，他控制孵化期的日子絕對精準無誤。

繞看農場養在樹林草場間的鴕鳥群，一隻公鴕鳥從老遠朝我快奔過來，就在我跟前趴到地上，張開黑羽雙翼左右狂擺。彼得大笑：「牠向妳求愛呢！」

「天哪！這麼笨。」我也失笑。

鴕鳥。（素描）
畫鴕鳥時有一種喜悅，因為牠們的長脖子不時彎轉各種姿態，與身體形成不同的曲線。我喜歡畫變化的曲線。

「可不是，身子那麼大，頭那麼小，腦容量就豆大那麼一點點，笨極了，」他嚴肅又遺憾說著：「兩隻鴕鳥打架，一隻藏到屋後，另一隻就以爲戰事結束了。用一片欄杆隔開兩槽食物，鴕鳥吃完自己這邊的食物，根本不知道可以從旁邊繞道過去吃另一頭的食物，眞是笨。」

「都說鴕鳥可以騎，你騎過嗎？」突然閃過這有趣的話題。

他搖頭：「沒有。我的兒子到底就是我的兒子，知道我的性格，幫我在非洲騎過一次。說鴕鳥沒腦筋只會向前衝，騎鴕鳥很危險，根本無法控制牠。」說著兒子，他的語言充滿了慈愛的情感，很舒服的音調。

記得幾年前，我曾在荷蘭報紙讀到討論荷蘭農業未來的文章，提到飼養鴕鳥是將來的方向。趁機向彼得討教，這些年荷蘭飼養鴕鳥的推廣如何？

他搖頭嘆息，「政府的想法很好，可惜推廣失敗了。因爲飼料、人工越來越貴，」語氣一轉，歡快地說，「這種飼養產業，最適合在中國大陸、台灣發展了，人工低廉、物價便宜。我農場培育出來的鴕鳥抗病力特強、效益又特別高，妳要不要試試進口中國大陸和台灣？我們可以合作。」

我笑了起來：「你不是只把飼養鴕鳥當退休嗜好？怎麼又想做大生意了？」沒告訴他，台灣已有不少鴕鳥園，還有鴕鳥跑上台北街頭的奇觀。還是讓他老先生退休的日子裡，平添一點發鴕鳥財的東方春秋大夢吧！

農場的牛肉

家裡郵箱每星期會被塞入一大疊廣告。不喜歡廣告的住戶可以到區政府門口櫃檯要一張拒收廣告的貼紙，貼在郵箱上就「廣告再見」啦！

我不看廣告，可是效特別愛讀廣告，他說自己的荷蘭語字彙是從廣告裡累積起來的。我一向羨慕他流利的荷語，強迫自己利用廣告看圖識字，不到三星期就宣布放棄，就是不喜歡廣告，看不下去。

「維亞那村有一人家賣自家養的牛肉呢！」一晚，效讀到廣告堆裡的一段小消息，隨手撕下來給我，接道：「不過，一次得買二十五公斤。」

二十五公斤是多少？沒概念。

「妳體重四十公斤，這麼一比知道了吧！」比喻雖傷感情，這稱斤論兩倒眞具體。我盤算著：二十五公斤牛肉對效與我兩口之家分量是多了點，不過我們家有個大凍箱。

家附近考克鎮工業區內有個屠宰場，每星期四、五對外零售，可以買到價格低廉又新鮮的各類豬肉，雞肉只有胸脯肉和雞腿，牛肉僅湯肉和凍牛尾、牛舌。吃過農場的牛肉，那才叫做肉香，平時肉店和超級市場的牛肉完全無法相比，實在不願意放棄近在眼前的機會。

維亞那村離我住家開車五分鐘，我的豐田汽車就在這村子裡的車行定期保養。常在維亞那村遊轉，還在村裡找過房子，一直以爲對它相當熟悉，等開車把整個村子走遍了，卻沒找到廣告上的路名。原來維亞那村與我住的聖・安哈塔村一樣雖是個小小的村莊，腹地遼闊，「農家牛肉」就處於維亞那村與比爾斯村交接的邊陲地帶，遠離了村子中心，難怪有所不知了。

巨樹夾道只容一輛車行的狹窄村路旁，豎著一塊小木牌以荷文寫著：「Rundvlees van eigen vee」，中文直譯「自家牛的牛肉」。一看見招牌我興奮的心臟怦

牧場上的黃牛家族。

怦直跳，湧起尋到新鮮美食的幸福感。

一幢四周搭滿鷹架正在整建的房子，旁邊一大片牧場，十幾頭溫順的黃牛在青綠的草地上吃草、休息，還有七、八隻出生不久的小牛犢，緊跟隨在母親的身邊，模樣乖巧靦腆。我走近欄邊，幾頭黃牛走了過來，和善親切地望著我。牛們不知對牠們一身肉感興趣的人就站在前面，我頓時惶惶然有些罪過，撇開眼走開。想，算了吧！別問牛肉的事了。隨即又斥責自己，三分鐘慈悲，牛肉到時不也照吃，何必虛情假意。

在房屋四周轉了一圈沒見人影，喊了幾聲也沒回答，屋廊上吊著的收音機響著音樂，應該有人，再重新繞屋一圈，在一扇窗前瞧見婦人，我敲敲窗，她抬頭燦笑開門出來。

多麼健康高挑，面目秀麗的年輕婦人啊！我已經在門牌上讀知她名叫葳瑪（Wilma）。

「嗨！葳瑪妳好，我是彥明，住在鄰村聖・安哈塔。」我打招呼。

「整修房子很亂，別介意。」她迎我進屋。房子正重新砌牆，她與丈夫與兩個小

黃牛吃草。這是葳瑪家飼養的黃牛。

夏日，白雲飄過，有些微風，黃牛坐臥青青草地之中，舒暢極了。

孩租了一間簡易活動房放在屋邊暫住。

葳瑪告訴我荷蘭乳牛皮毛爲黑白色或褐白色相間，肉用牛皮毛則爲白色或黃色。她與漢克（Henk）的農場維持飼養十五至二十頭母牛，每年均產小牛。小牛飼養二點五年就可以供肉用，平均一頭重四百五十公斤。

每年八月至次年三月，平均一個月宰一頭牛。因爲四月至七月太熱，不適合殺牛。牛就送到我買豬肉的屠宰場處理，屠夫將牛肉懸吊五天，分割部位，分配裝好二十五公斤一盒，共十二盒，取回家後便通知預訂牛肉的人家，每公斤六歐元，一盒一百五十歐元。

葳瑪講，預訂牛肉的人挺多的，如果需要的人家多於十二人時，可以購買一半十二點五公斤。半數分量對我們兩人之家的確比較合適。

一盒牛肉的內容包括：里脊、牛排肉、烤用牛肉捲、湯用牛肉與牛骨、燒用牛肉、牛絞肉等六項。由於切割方式不同及喜好的差異，沒列出中國人稱的牛腩與牛腱肉，不由略略失望，唉！我的紅燒牛肉飛了。但，一想起煎牛排的滋味，又眉飛色舞。

「所以，我現在買不到牛肉囉？」我問葳瑪。時值五月，非宰牛期。

「我凍箱還有一點留給自己的，種類不全，可以給妳兩、三公斤，妳願意試試？」她好意道。

葳瑪慷慨相分，我成全美意。取出幾包燒用牛肉和牛絞肉，過秤三點五公斤，她說：「種類不全，算五歐元一公斤吧，總共十七點五歐元。」

轉進廚房取出兩份打印的燒用牛肉食譜遞給我，說是其他買肉太太給的方子，說：「妳有好菜譜也印一份給我，分給大家參考。」還拆下兩份超級市場買的調料包裝紙，說：「忙的話，用這調料，味道也不錯，省事多了。」

無怪乎葳瑪待人自然體貼，她一星期有三天在殘障人中心幫忙護理工作。

我們閒聊她的工作、小孩、房子整修，她也問我台灣的情形、荷蘭生活的適應，談得開心極了。臨走，她叮嚀：「回去嘗試好吃的話，記得七月間先給我電話，我看能不能找人和妳分購一半。到時再見。」

「好啊！多謝。現在認識了，哪天我郊遊經過，若妳恰巧在院子裡，我會揮手喊，日安！葳瑪！」

她會心笑道：「我也招手，日安！彥明！」她已記住了我的名字了，被美麗的女人記在心裡，是件甜蜜的事。葳瑪與我「以肉會友」，來日便是標準的「酒肉之交」。

牛絞肉做了義大利麵的紹子，果然肉香四溢，鮮美極了，正是期待中的滋味。

我不死心試用燒用牛肉來做中式紅燒肉，肉味是好，質感不對，這肉被我糟蹋了，還是應該做乾煸牛肉或西式的goulash燒肉才對。

我在掛曆七月份上打了記號：「買農家牛肉」。煎牛排的香味，隨著日曆紙的撕去，越來越濃烈。

雞蛋、雞蛋、雞蛋

離葳瑪家往前不過一百公尺，一幢紅磚紅瓦的獨幢別墅前，立了一塊長木牌，白底上以青色畫了一片草地，上面立了一隻青色的母雞，寫著青色的字：「Gras-Ei」。「青草雞蛋」，意思是這家人販賣放養在草地上的雞下的雞蛋。

其實在聖・安哈塔村子裡，有許多人家都養了雞賣雞蛋，這些雞也都是在各家院子跑來跑去的「Vrij kip」，所謂的「放養雞」。我習慣在村口八十多歲老爺爺家買雞蛋，因去了他那兒也不好意思再換人家，彷彿有什麼不對似的。

「放養雞」與「草地雞」，雖然一在泥土院子跑，一在牧草地上跑，我想雞蛋不會有太大差異，因爲雞根本不吃草嘛！是吃人餵的飼料或剩餘飯菜，偶然打野食啄啄土裡的小蟲子。

但我還是在「青草雞蛋」人家雞舍後面的大草場前停下了車，踱到高圍籬前面看雞。

雞眞多，數也數不清，全是紅冠金黃羽毛的健壯母雞，這些雞咯咯叫個不停，一會兒在草地上散步，一會兒跳上主人爲牠們搭的木涼台休息，兩長列雞舍開

放養的雞群。每七隻雞擁有一平方公尺的草地。母雞在雞舍與草地間自由來去。

了許多進出口，雞們忙碌地進出。看著有趣，取出數位相機，請牠們當主角。

突然，「妳幹什麼？」一位中年男士站到面前問道。

我沒防備，猛地嚇了一大跳。回過神，明白是主人駕到。沒得同意踏入私人土地，我抱歉地甜笑，說：「看這些雞有趣，想拍幾張照片。行嗎？」

這下看清主人的面孔，在考克區政府印刷的宣傳資料見過照片，聯想起來，懷疑地問：「比爾斯村很大的養雞農場，該不是指這裡？」

他點頭，引我到路邊，指著我們站的位置講：「這是比爾斯村。」指向兩公尺小路之隔的人家說：「他家屬考克鎮。」再往對面人家院子旁的一排梧桐樹一指，樹外就是哈浦斯村的土地。一腳跨一村的感覺的確不錯，一步就能有「遠離」的情緒，一步也能有「近乎」的愉悅。

迭歐（Theo）一共養了兩千六百隻雞，每七隻雞能擁有一平方公尺的土地。我問他的雞種，他說是B-G-L，簡稱「Gold」，翻譯中文豈非「金雞」？金雞下蛋即「金蛋」囉！這些雞蛋對迭歐而言還真是「金蛋」呢，每天平均收進一千三百二十粒雞蛋，每個蛋都能換成錢。

迭歐不待我要求，主動領我參觀雞舍。一踏入雞舍，被眼前的景象震住了，一百多平方公尺面積的雞舍搭了雞架，五、六百隻雞就站在架子上。從沒一次見過如此多的雞子。看我發愣，迭歐推推我：「妳不拍照？」

我按下快門，請迭歐和他的「金雞母」合影留念，當然也請他替我拍一張照片存證，平時哪兒去找這許多雞？

他領我看他定時自動傳送飲水、飼料的裝置；看溫度控制器，他總把雞舍溫度掌控在攝氏二十二點八度至二十五度；演示給我瞧，雞下蛋後，蛋怎麼滾到雞蛋傳輸帶上，送到挨著雞棚的房間裡。那兒有一張桌子、一把椅子，迭歐就坐在那兒收雞蛋，略有破損或蛋殼特別薄的擱在一個籃子裡，麵包店取去做蛋糕；正常的蛋分別放在堆在一旁專門擺雞蛋的塑膠隔盒裡。

隨後，又領我去另一間庫房參觀他的雞蛋大小選取機，還有自動印號機。迭歐雞場自一九九一年建立，即編號爲：1-NL-424690。他解釋：在荷蘭，「1」代表「放養在外的雞」，「NL」是荷蘭簡稱，「424690」是他自己的代號。蛋商固定一星期來取一次雞蛋；換句話說，在市場上只要看編號就能知道那雞蛋是不是來自迭歐家。

通常雞子長到四個月時，來到迭歐的養雞場，五個月大開始下蛋，十四個月後就殺掉成爲「湯雞」。

我提說，想買一隻湯雞試試。迭歐領我回家，介紹給他的妻子迪妮（Diny）認識。

他們請我坐下來喝咖啡、吃蛋糕，取出去年他們去中國北京、西安、上海、蘇州、杭州旅遊的照片。迪妮的妹夫是荷蘭一家重要藥廠派駐上海的負責人，聽說一口流利的中國話與一般中國人無異，還收養了個中國小男孩。妹妹、妹夫親自接待，自然玩得盡興，也學了幾句中國話，遇到我這中國人，雖然來自台灣，依舊分外親切。

迪妮教我做「老母雞湯」的祕訣：雞置鍋中，放四公升的涼水，從頭採慢火燉四小時。

我買了雞順便帶十二個雞蛋。

臨走，迭歐說：「我知道中國人什麼都吃。下一波八、九月殺雞時，記得和我

自動化傳送雞舍中母雞生下的雞蛋。迭歐坐在與雞舍一板之隔的小工作室中揀收雞蛋。

迭歐和他的雞。兩千六百隻雞，原先只是一般的放養雞，現在進一步講究「有機」，雞舍外的大片草地不灑化肥，飼料也選用有機食物。

聯絡，到時可以有整雞給妳。」因爲這次得到的雞處理得很徹底，不但雞頭、雞腳、五臟全無，連雞油、雞皮也扒得乾乾淨淨。

停在院子話別，遠處有八隻梅花鹿，迭歐指著說，開始試養鹿，下月鹿的數量要增加。講：「鹿肉好吃喔！尤其是自己養的鹿肉。」

「到時賣我些鹿肉吧！」我笑道。

「等多養一點時，就算妳一份。」他倒很乾脆。

拎了雞回家，效已下班。我買個牛肉、雞肉居然花了五小時，效揶揄：「妳眞能幹。」

「哪裡，哪裡，過獎了，只是人緣好一點罷了！」輕鬆答道。

聽說十四個月的雞便是「老母雞」，效大爲驚奇：「十四個月，哪能算老？」

今年春天去英國度假，在印巴店買到一種連頭帶腳的湯雞，做白斬雞皮脆而肉鮮美。效說，這「老母雞」做白斬雞應該不錯。

片下了一些肉嘗試。

果然肉有韌性卻不顯老，還有雞肉應有的甜味，是平常飼料肉雞所沒有的。唯一遺憾，缺了雞皮，少了脆的品味。這只有耐心等待八、九月的到來。

餘下的雞肉，按迪妮指導的比例與方法熬雞湯，湯面上只浮了幾粒油珠。喝原汁，終於明白雞湯的珍貴，確是人間美味，既不膩又甘醇。過去總誤以爲雞湯要有油才會香，即使不想吃油，也要等熬好湯之後，方才撇掉油分。效與我兩人喝一口讚美一口，津津樂樂，回味無窮。

美味雞湯，無需加薑去其腥，也不必先燙除血水，單純雞與水同煮就足夠了，這才叫絕妙！

白色的金子

每年五、六月荷蘭各大餐館印出的菜單，主題當然是：蘆筍餐。從前餐開始、主菜到甜點，無一不花費心思把蘆筍變化進去。

荷蘭人把白色蘆筍叫做「白色的金子」，喜食程度接近瘋狂。我所認識的朋友，每到蘆筍盛產的季節，向來是幾公斤幾公斤地採購。廚具店也趁勢推出各種不同款

蘆筍田裡挖蘆筍。（素描）
清早，工人在蘆筍田裡，兩人一組的工作。一人拉開遮蓋壟土的黑塑料布，另一人迅速的以刀挖出露尖的白蘆筍。

蘆筍田。挖蘆筍的季節過後，由著蘆筍衝長，伸展綠意盎然的枝葉，等待來年的豐收。

式的蘆筍皮削刀與特製蒸鍋。

我住的小村屬荷蘭北部拉邦省，隔河對岸為林伯省，這兩個省分正是荷蘭白蘆筍的產地。

每年冬寒過後，蘆筍田便被農人壟起一條條三十至五十公分厚的土堆，等待四月底開始為期約莫兩個月的蘆筍收穫。

因家住蘆筍產地，蘆筍季節不論開車往哪個方向走，沿途都可看見寫著：「Asperges」（蘆筍）的標牌。有的木牌做得很簡陋，有的則花費心思加上花邊與一束蘆筍的圖案。出售的全是白蘆筍，偶爾才會遇到一點點綠蘆筍，與台灣、大陸正好相反。

看到指示牌，隨時都可彎進農家購買，不必擔心叨擾。因為不想有人闖門的話，農家會用大麻袋或黑色大塑膠套把木牌罩起來。

賣蘆筍的人家多，我喜歡換不同的人家、不同的地點購買，趁機參觀不同的人家、接觸不同的人們，常有意外的驚喜。

每日一大清早，農家主人起床，便往田裡去。見到土堆上方或兩側斜面有泥土

鬆動的地方，知道是蘆筍要冒尖兒了，輕輕撥開土面，拿特殊的鏟刀從筍頭下方伸進約十五至二十公分斜切過去，即可取出一根純白色的蘆筍。如時間沒能掐得及時，蘆筍頭冒出泥土，陽光一照變成粉紅色，味道會有細微變化價格就低多了。蘆筍出土約十五公分，外皮呈綠色，是爲綠蘆筍，中國人喜歡，荷蘭人卻興趣缺缺。

蘆筍地大的農莊，這時節會拉來好幾間活動簡易房，擺在屋後的大院子裡，從東歐延請來的一批採蘆筍工人有男有女，就分別住在裡面。一回，去到一座大農莊購買蘆筍，正巧工人休息，散坐在院子裡喝咖啡聊天，一群年輕男女洗臉擦汗、有說有笑，充滿青春活力；女孩子們以頭巾挽住頭髮，露出紅頰，臉龐輪廓分明。他們彷佛一群跟隨蘆筍流浪的吉普賽人，有了他們的地方氣氛就特別迷人。從此，我總設法挑揀工人們休息時去購買蘆筍，沾染一些異國青年的風情。

農家賣的蘆筍特別新鮮，多汁且均勻飽滿，價格也低廉；不似星期三市集或超級市場的蘆筍常常不是過粗則太細，外皮還常常顯得乾燥多皺。每次到農家看到一箱箱剛從地裡挖回浸在冷水中的蘆筍，購買欲變得特強，忍耐不住三、四公斤，五、六公斤地買下，袋子提起來沉甸甸的便心滿意足。

蘆筍田。（素描）
居家不遠的幾個小村是盛產蘆筍的地方。每逢白蘆筍收穫的季節，農家紛紛插出木牌——賣新鮮蘆筍。價廉物美。

效與我即使請客也消耗不了我的採購量，而我倆嘴又早已吃刁，非要當日現採的蘆筍才覺得值得做來吃，因此多買的蘆筍便分送朋友嘗鮮。花一點小錢給大夥兒買些快樂，何其快哉！

我們最常的蘆筍吃法，是荷蘭家庭的典型食譜。把蘆筍削皮加水煮軟或蒸軟，淋上加了香草料的奶油濃汁，配上白煮雞蛋片和熏火腿肉。雞蛋自然要是農家的新鮮雞蛋；火腿肉呢？品嘗的結論：一定要過邊界到德國的大超市去購買，那肉片帶著很薄的一層皮與少許肥油，香而不膩且鹹淡適中。

蘆筍皮是絕不浪費的，加水熬成蘆筍汁，取一些做蘆筍清湯或蘆筍濃湯，其餘當作冷飲，渴了開冰箱取來喝，是很好的健康飲料。

白蘆筍切片清炒，或與調味加芡了的肉片同炒都好吃。但，這種中式做法蘆筍略炒兩下就得起鍋，才會甜脆。不久前，效嘗試肉片只攪些鹽不勾芡，與蘆筍片與芹菜片同炒，蘆筍浸進了肉汁與芹菜的清新氣味，吃起來味道更加豐富而口齒留香。這道家常小菜得到我頻頻讚美，記入食譜。

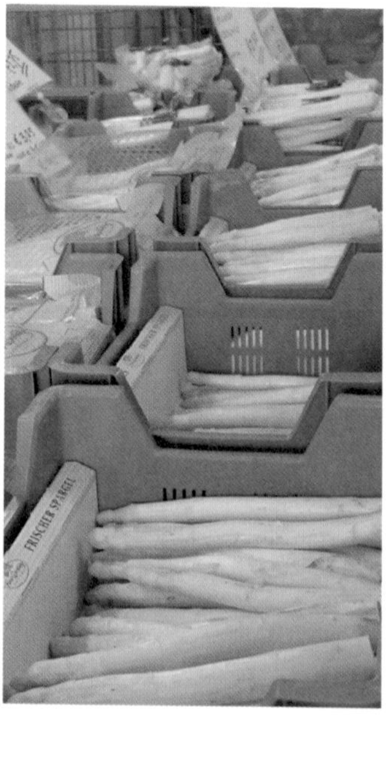

農莊的新鮮白蘆筍。這是方圓十公里內最企業化經營的農家自產蘆筍。連家中販賣的蘆筍都仔細分類標價，放在不同的塑料籃中；不像許多農家因陋就簡把採收回的蘆筍丟在幾個水桶中。

蘆筍做薄餅當然絕妙好食。一層煮軟的蘆筍一層火腿肉，層層疊落，加入奶油、蛋黃、麵粉濃汁與豆蔻粉，上面再鋪上乳酪放烤箱烤到外表呈金黃。這樣的蔬菜肉餅，爽口又營養。

喝過蘆筍酒嗎？商人把蘆筍泡在白蘭地酒中，是爲蘆筍酒。我並不欣賞，還是吃蘆筍餐時，搭配自己喜歡的冰白葡萄酒，才叫享受。

從蘆筍季始至蘆筍季終，每星期至少吃一、兩回蘆筍，從不發膩。蘆筍季將結束，我感慨地對一家賣蘆筍的主人說：「唉！這一等就等到明年去了！」有分漫漫歲月的無奈。

她道：「買些回去冰凍起來，還是很好吃的。」

聽此建議大樂，季節時趁鮮，非季節聊勝於無。買了好幾公斤回家生凍保鮮。每回打開冰凍箱，看見一袋袋蘆筍仍是潔白飽滿多汁的新鮮模樣，心生歡喜卻又捨不得吃，熬到秋末饞得不行，才取出來蒸食。

一入口，唉！甭提了，全不是那味兒。罷了！罷了！還是期待來年吧！

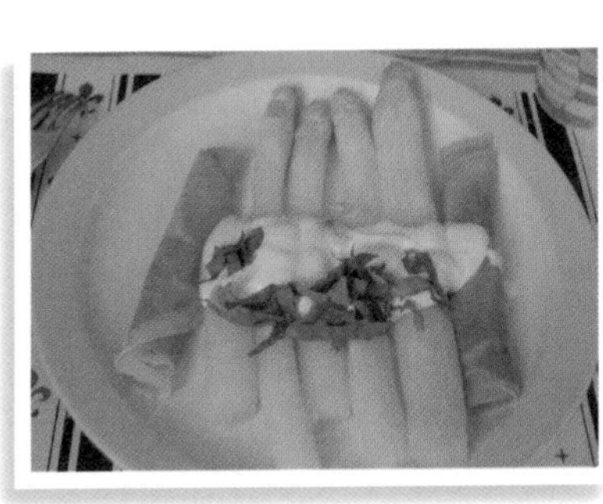

荷蘭式白蘆筍盤。我們家的蘆筍餐之一：煮軟的蘆筍、上等燻火腿肉、奶油淋汁與Rucola葉片。

炮聲下的櫻桃與貓頭鷹

五月中旬，市場上一籮筐一籮筐櫻桃，紅豔豔地誘人，但入口雖甜而氣味不香、肉質不脆；我知道這是希臘或西班牙進口的櫻桃。

看見市場上第一波櫻桃，知道荷蘭櫻桃已指日可待。

自從見到市場上的櫻桃之後，每天在家中隨時會豎著耳朵——我在等待一種聲音。

六月四日清晨八時，遠遠傳來「砰！」「砰！」「砰！」「砰！」的炮聲，我蹦下床，從樓梯口往下大喊：「效！你聽，炮響了！」

櫻桃熟了，我可以到離家兩百多公尺遠的老太太明巧（Mientje）家的農莊買新鮮櫻桃吃了。

果不其然，距明巧家兩邊約十公尺的路旁，豎著的木牌子除了Aardappellen（馬鈴薯）外，加添了兩樣東西：Kersen和Aardbeien（櫻桃與草莓）。

荷蘭語裡複數加「en」，明巧家的馬鈴薯、草莓和櫻桃，絕對得加「en」，眞是多。

一進明巧的農莊，寬闊的庭院，不單可以停車，車子還可以在中間調頭呢。旁邊幾棵丈高的大樹，濃蔭密布，果實纍纍的核桃樹夾雜其間，核桃樹下幾欄剛出生不久還喝奶的小牛。貯放收成的大庫房、大牛棚與住家以大院子分隔，因樹的綿延銜接成一體。

每回去到農莊我喜歡在院子裡多賴會兒，是氣氛的吸引。明巧不是那種誇張熱情的人，笑意語言看似淺淡卻滿含情分。她長得非常一般，可是當她站到院子裡，院子就有一種微風和煦、恬靜安適的內容。

明巧家的櫻桃，顆粒不大，但非常甜蜜多汁。效的形容：「純正的櫻桃味兒。」剛從樹上摘下的果子，當然鮮美清脆。市場的櫻桃，不論來自國外或本國所產，一經運輸，鮮度與氣味就差遠了。櫻桃季節我們出門作客，明巧家的櫻桃與草莓成了最受歡迎的禮物。

炮聲是驅趕偷食的鳥群用的。明巧家後面的櫻桃園，共有六十多棵高大的櫻桃樹，櫻桃果由金紅轉黑紫之時，眼尖的鳥類先鋒隊馬上發出訊號，成群結隊的鳥兒們瞬間全來了。

鳥兒吃櫻桃很有一套本事，轉著把果肉啄得乾乾淨淨，獨留下籽懸掛在樹枝上。明巧家人只好裝設兩挺瓦斯炮筒，從早上八時至天黑不停地燃炮，外加一串特製鐵皮響鈴轟鳥。其實，六月份清晨四、五點已見天光，因不便攪人睡眠，只能八點之後才能響炮；所以，附近的鳥雀如果聰明膽大的話，這段日子畢竟還有足夠的時間日日享用櫻桃早餐。

我在家中聽著源源不斷傳來的炮聲，因聲音不大，往往產生「遠方有戰爭」的錯覺，其實戰場就在附近。這場人與鳥的戰爭延續一個半月，因爲炮聲的緣故，成了具有一定節奏的戰爭，並不擾人也不煩人，反而有貼近戰事的臨場感：體會炮有聲無火，鳥無傷亡，人類並不殘酷的喜劇；以及炮聲存在，天天都有新鮮櫻桃可吃的愉悅！

越近七月中旬，明巧家傳來的炮聲次數越發稀疏。一日往村子另一方向開車，見一人家門口插了個小木牌，寫下「櫻桃」二字，立即請效停車，讓我瞧瞧新鮮。

黃櫻桃。居然工作十年後，效才發現公司的停車場裡有一棵大櫻桃樹，結出的黃色櫻桃清香多汁。

櫻桃熟了。赫利茲與丁妮家的櫻桃果實大且味道甜美。

赫利茲與丁妮（Gerrits & Diny）是這家主人。院子中央獨立著一株茲幹粗壯的櫻桃樹，樹尖綁了一枝黑布旗，隨風招展；碩大的紫紅櫻桃垂掛在碧綠的樹葉之中，陽光灑落，葉子與果實更顯透亮明麗。

我跟坐在涼棚下的女主人遠遠地先打聲招呼，仰著頭繞著櫻桃樹打轉，按捺不住地歡叫：「多美的樹啊！」「這樹眞美！」「它太美了！」主人咧著嘴直笑，大約笑我的瘋勁與傻氣吧。

丁妮不知道這櫻桃樹的年歲，只知道二十五年前住進這屋子，樹就存在了。雖然樹大剌剌地占據了庭院正中心，實在長得有姿有形，便一直將它保留至今。人稱櫻桃樹爲「公孫樹」，意思是爺爺種了孫子才吃得著；這樹的年齡如何往上推，心中也有一些譜了。

這株櫻桃樹果實特別肥碩，幾乎是明巧家櫻桃的一倍大。試嘗，咬下去果肉脆的，卻又立即轉化爲豐盈的蜜汁，充滿唇舌之間。

簍筐裡滿滿的櫻桃是赫利茲摘下的。「他七十六歲了呢！」

一株櫻桃樹能收幾日的櫻桃？

丁妮搖搖頭說，難講。

黑布旗不太能起嚇阻鳥雀的作用。赫利茲一人採摘櫻桃速度太慢，望著滿樹滿枝的櫻挑果，她惋惜：「明天應該是有的，後天就得碰運氣了。」

丁妮告訴我，冰凍的櫻桃另有一番風味，拿出來加香草糖蒸一下再與楓糖漿同淋在冰淇淋上，是很受歡迎的甜點。說得我怦然心動想多買一些存放凍箱，效不同意，認爲那是吃楓糖漿與冰淇淋而不是櫻桃。

第三日，我左想右想如此個大鮮甜的櫻桃還是該讓朋友們嘗嘗，鎖上門往丁妮家去。運氣不錯，涼棚下有一簍筐櫻桃，買了各一公斤裝的幾袋櫻桃分送幾家人。果然，一位對買東西最精挑細選的朋友忍不住讚美：「從沒吃過個兒這麼大，這麼好吃的櫻桃，這種好。」刻意把核留下準備培養。這是後話。

這天，去丁妮家，櫻桃樹旁有兩張可伸縮的鋁製爬梯架在兩杈樹幹上，赫利茲穿著海藍色連身工作服，坐在涼棚下的椅子上。

看見赫利茲，明白丁妮之所以強調他的年紀，不是心疼他老來還要爬樹，而是歡喜他能身強體壯。的確，赫利茲臉上的皺紋明確地張顯了他的年齡，身子骨看起來卻矯健有力。

老赫利茲教我如何把桶子掛在梯子上，如何爬樹選熟透了的櫻桃，用什麼樣的手勢把櫻桃攬入手掌心中。

從樹上採了櫻桃丟入嘴裡，歡喜地對兩老說：「自己採的櫻桃味道特別甜呢！」

赫利茲點點頭：「這話很合邏輯，確是這麼一回事。」

問他們櫻桃樹結果大而甜有什麼照養的祕訣？

沒有。他們搖頭，除了剪剪枝也沒特別上肥。

突然，我瞥見一個一百公分長像小汽車一樣的物體在櫻桃樹後面的草坪上自動地行駛。「那是什麼？」我好奇地指問。

赫利茲樂呵了，「奇怪吧！它怎麼會自己跑來跑去？」

領我到那東西面前解釋，是個電腦控制的自動剪草機，草坪邊有個休息站，設定了程式控制剪草機的走向與剪草功能。小機器底部有個圓形磨盤，它被限定在草坪範圍內工作絕不逾矩。

看著剪草機自己在草坪上，時走近時跑遠，駛到草坪邊自動回轉，十分有趣。

赫利茲說，原來草地有裂縫全被磨平了。如今草總維持三公分長，他也不必花時間剪草，省心極了，「試用兩星期，放心，我會買下來。記得帶妳的丈夫來看，男人都喜歡這樣的東西。」

赫利茲又順便介紹了他大院子裡種的十幾株不同品種的蘋果樹、幾棵梨樹和李子樹。

聊得開心，臨別，兩老再三殷殷邀約：「櫻桃雖沒了，好天氣時就散步過來，在這寬闊的院子裡走走、坐坐，喝杯咖啡，多舒坦。蘋果、梨子熟的時候，也記得過來嘗一嘗。」

我揮手，笑道：「好呀！明年我來幫你摘櫻桃。」

「那敢情好，一言爲定。」赫利茲比了個手勢，再度招手送客。

幾日聽不見明巧家傳來的炮聲，我決定親自去瞧瞧。

兩個木標牌只寫了「馬鈴薯」和「草莓」，「櫻桃」兩字已抹去。

明巧的女兒瑪幽蘭（Marjolein）走到院子招呼問我需要什麼？

「兩盒草莓吧！」隨她走入貯倉。

見置物架上擺了三分之一籃黃裡透橙紅色的櫻桃，驚問：「還有櫻桃？」

「這種櫻桃帶酸味，妳不妨嘗嘗。」

我挑了一個嘗試，並不酸，但也不甜，可是顏色眞好看，每顆櫻桃橙紅色在黃色上的分布位置與形狀都不相同，合在一起看色澤特美。「買一公斤吧！」爲了它的顏色。

這時明巧踱了進來，遺憾說：「紫櫻桃沒了。只剩兩棵金紅櫻桃樹還有果實。今年收成不是太好。」

突然轉移話題：「妳知道我們家有貓頭鷹嗎？今年生了五隻小貓頭鷹。」轉身囑瑪幽蘭回屋取照片來給我看。

記得剛搬到聖・安哈塔村，斜對門的鄰居老太太就告訴我，村子裡有貓頭鷹。

「在哪兒？」我興奮地詢問。

她講，離池塘邊聖母祭台不遠，有戶人家屋後一片大林子，就住了貓頭鷹。夜晚，她習慣開點窗睡覺，偶然可以聽見兩百公尺外貓頭鷹「hoe-oei」、「ki-waoe」

的叫聲。

我好奇想知道是哪一種貓頭鷹？荷蘭有六種貓頭鷹：草鴞，有一張京劇的白臉譜。灰林鴞，一張圓臉就看到一雙大黑眼，眼外輪廓彷彿戴了副大圓眼鏡似的，褐色羽毛如覆殘雪。鳴角鴞，有兩隻豎在頭頂的耳朵，橘黃色的眼睛特別有神。角鴞，灰白的羽毛，黃色的眼睛，模樣有些神經質的敏感。矮鴞，全身褐色羽毛上遍布白色珠點。縱紋腹小鴞，擁有兩道白眉，淩厲深邃卻又神經的眼光。

「是哈利波特電影裡送信的那種白貓頭鷹嗎？」我激動問道。

「不知道。」她抱憾地搖頭。

呃！原來說村中有貓頭鷹的人家是指這裡，事經三年終於對上號了。

照片中的小貓頭鷹短尾，頭頂平、眼睛琥珀色而圓大、淺色的平眉、寬闊的白色髭紋。上體褐色，具白色縱紋及點斑；下體白色，具褐色雜斑及縱紋；肩上有兩道白色或皮黃色的橫斑。嗯，這貓頭鷹是「縱紋腹小鴞」，荷蘭人謂其「Steenuil」，直譯「石頭貓頭鷹」，被視爲代表荷蘭與比利時文化傳統的典型鳥類。

明巧的外孫拍下了母鳥剛孵出五隻白絨絨小雛鳥的照片，還拍了許多已具模樣的小貓頭鷹，眼睛都帶著一絲神經質。貓頭鷹的眼睛既遠視，可觀察遠處目標；又近視，能不放過近處獵物。難怪一雙大圓眼，有著超凡脫俗的神經氣勢。

「我能看到貓頭鷹嗎？」詢問著。

「牠們是候鳥，通常四至六月在這裡，現在大概走了。不過帶妳去看看牠的窩。」明巧好心地說。並講，外孫試著在一隻小貓頭鷹腳上圈了個環，準備觀察明年回來的是否同一隻。

她和女婿赫利（Gerrie）陪著我往屋後櫻桃園走去，一邊告訴我，哪裡是馬鈴薯地、哪兒是牛的牧場，經過一片植新株的田地，明巧說，剛植下一百九十八株矮種櫻桃，到時像種葡萄一樣，一排一排把枝幹接起來，讓枝子往地面垂，省去爬高採櫻桃的困難，今年甚至還利用吊車來摘櫻桃呢。

「新品種的櫻桃這麼大一粒。」赫利大拇指和食指圈了個圈，我目測約有黃杏或荔枝大。

「什麼時候可吃到？」我驚喜地問。

「三年，等三年就可結果了。」這可是大好消息。

小貓頭鷹。我爬上櫻桃樹，看見了這隻小「石頭貓頭鷹」。瞧牠瞪著大大的圓眼睛直朝著我看，一點不怯生。

走至六十棵大櫻桃樹園底，我看到了貓頭鷹的家：一株櫻桃樹枝幹上釘了一個約六十公分長，十五公分寬與高的綠漆木箱，側面中央挖開一個直徑五公分的圓洞。居櫻桃林不懼炮聲，不愧猛禽之稱。

「貓頭鷹能鑽進這小洞？」

「可以啊！成鳥不過二十二公分長罷了。」赫利回答同時走去取架在附近金黃櫻桃樹枝間的長樓梯過來，搭在鳥屋旁邊。

他爬上梯子，揭開鳥屋頂蓋，盈盈笑著低頭說：「裡面還有一隻小石頭貓頭鷹呢。」

赫利看鳥時，明巧從旁邊一株櫻桃樹採下幾粒殘留的黑紫櫻桃給我吃。

輪我爬約兩層樓高的樓梯，站到鳥屋側了。小縱紋腹小鴞毫不畏生，與我相距不過三十公分，牠並不躲閃，張著兩隻純淨的琥珀大眼與我對視，彷彿要把我的模樣記錄進小腦袋裡。

太可愛了，恨不能抱抱牠，親親牠。幸虧隨身帶了數位相機，連忙騰出一隻手來拍照。小貓頭鷹可算天生模特兒材料，不慌不忙地由著我拍攝。原本有些懼高的

貓頭鷹的家。明巧家人在櫻桃園最深處的樹上，為貓頭鷹搭建了間小木屋。

我，此時竟不覺自己離地頗遠，還能單手扶梯拍照，也是神奇。

明巧老太太，也趿著拖鞋登上樓梯觀鳥，佩服。

怎麼只剩一隻小貓頭鷹留在屋裡？

「大約身體太弱，飛不走吧！」明巧喃喃道。

「也許母鳥還在附近，否則牠怎麼活下來？」

赫利道：「看牠模樣已能捕食，這附近昆蟲、青蛙都多，存活不成問題。」

沒能隨著母親及時遠行，不久的將來牠能獨立完成季節遷徙的行程？我內心暗暗替牠擔憂，卻也無能為力。

赫利又從附近幾棵樹枝上拉下近十粒黑紫櫻桃放入我的掌心裡，笑說：「不陪妳們走回去了，我留在這兒採那一樹金紅櫻桃。這幾粒櫻桃，正好讓妳這一路邊走邊吃。」

與明巧說再見，她把幾張貓頭鷹的照片交給我：「拿回去給效看過再還我。」

效下班，我讓他猜：「今天我看見了什麼？」

「池塘裡新生了小魚？」

我搖搖頭。

「妳的新書寄來了?」

我仍搖頭。

「那是大雁?」

也不對。

好吧!宣布答案:「我看到了貓頭鷹。」淋漓盡致地描述經過,並展示明巧家拍的照片,和我轉錄進電腦新拍的照片。

他充滿興味地聆聽,感染著我的喜悅,表現出極度羨慕的神情。

「我帶你去看。」

效想了想,壓抑住內心強烈的欲望,搖搖頭:「算了,別把牠嚇壞了!」

這就是我迷戀荷蘭鄉村的原因,總有令人驚喜的事物出現,還包含著綿綿的人情。

櫻桃樹花開。

後記

遷家住進聖・安哈塔村是很愉快的故事，我決定寫成一本書，配上一系列黑白、彩色圖畫。

文稿與配圖交到印刻出版社編輯們的手中，卻意想不到地變成了兩本書，而且是非常美麗的兩本書。

上篇《家住聖・安哈塔村》以輕鬆筆調描寫自己在荷蘭的居住經驗及環境；下篇《荷蘭牧歌》敘述生活相關的動物、植物與人情。希望記錄下一種合理化的社會模式，保護自然風景與生物的人情之美。

書中的素描、水彩畫、油畫、絲畫、水墨畫、攝影都是我多年累積作品的選件，能藉此出書機會綜合起來與文字同時展現，心中的愉悅實難言傳。

編輯對於文字內容的分配添加、圖片形式的表達穿插、書籍的命名、封面的設計、印刷的色彩、讀者的考量，無不細密斟酌。書籍編排過程，讓我彷彿突然轉移時空回到了台灣，體會到好編輯對專業的堅持，與作者所受到的尊重。謝謝印刻出版社總編輯初安民先生及編輯同仁們，完整了我的創作面貌。

長輩——全球國際菲利浦公司前副總裁羅益強先生，死黨——電影製片人兼影評家焦雄屏女士，「養父」——哈佛大學教授李歐梵先生，以他們對我的了解與關懷爲此二書作序，是我的福分。

老友鄭樹森教授總在幕後爲我運籌帷幄，此書的出版也是他繫鈴，謝謝他的支持。

唐效，我的另一半，不只是書內的主角，走出書頁在實際生活中，他是我最牢靠的支柱。平常過日子裡，他寵溺著我；可是在文學藝術的專業裡，他嚴格地爲我把關，不經他點頭的文章我不敢發表，不經他認可的繪畫我不敢簽名。

當然，寫書出版最重要的目的之一，還是希望能擁有欣賞的讀者。曾有一些同是住荷蘭的台灣、大陸朋友問我：「爲什麼妳總遇到那麼好的事，那麼好的荷蘭人？爲什麼我們的遭遇就不一樣？」也有住國內及其他國家的親友、讀者問：「爲什麼妳日子過得那麼好？」也許，我天生樂觀的基因成分偏高吧！不開心、不好的事快快避開，不去深究原因，也不去記憶；快樂歡喜的事便歌頌讚美，相信是老天的賞賜，珍惜地存放進生活中；另外呢，隨時讓自己沉浸於自然的廣闊空間裡，褪去心靈與身體的所有束縛，享受自由自在的呼吸。

《荷蘭牧歌》封面書名添加了兩個荷蘭文字「Grazige Weiden」，意爲優美祥和的低地牧場，一片豐茂的綠原遊走著牛、羊……，正是「牧歌」或謂「田園詩」的景致。而我期望傳達的訊息，不單是風光人情，更是實實在在的現實生活。

但願，這兩本書讓大家分享到了荷蘭鄉村生活中的喜樂。

INK PUBLISHING

文學叢書 093

荷蘭牧歌

作　　者　丘彥明
總 編 輯　初安民
責任編輯　丁名慶
美術編輯　許秋山
校　　對　丘彥明 丁名慶

發 行 人　張書銘
出　　版　INK印刻出版有限公司
台北縣中和市中正路800號13樓之3
電話：02-22281626
傳真：02-22281598
e-mail:ink.book@msa.hinet.net
法律顧問　林春金律師

總 代 理　成陽出版股份有限公司
業務部／訂書電話：02-22256562　訂書傳真：02-22258783
訂書地址：台北縣中和市中正路800號11樓之2
e-mail：rspubl@sudu.cc
網址：舒讀網http://www.sudu.cc
物流部／電話：03-3589000　傳真：03-3581688
退書地址：桃園市春日路1490號
郵政劃撥　19000691 成陽出版股份有限公司
門市地址　106台北市新生南路三段96-4號1樓
門市電話　02-23631407
印　　刷　海王印刷事業股份有限公司

出版日期　2006年 1 月 初版
ISBN 986-7420-98-5
定價　260元

Copyright © 2006 by Yen Ming Chiu
Published by **INK** Publishing Co., Ltd.
All Rights Reserved
Printed in Taiwan

國家圖書館出版品預行編目資料

荷蘭牧歌／丘彥明 著.
－－初版，－－臺北縣中和市：
INK印刻，2006〔民95〕面；　公分
（文學叢書；93）

ISBN 986-7420-98-5（平裝）

855　　94021337

版權所有・翻印必究
本書如有破損、缺頁或裝訂錯誤，請寄回本社更換

K INK INK INK INK INK INK
INK INK INK INK INK INK IN
K INK INK INK INK INK INK
INK INK INK INK INK INK IN
K INK INK INK INK INK INK
INK INK INK INK INK INK IN
K INK INK INK INK INK INK
INK INK INK INK INK INK IN
K INK INK INK INK INK INK
INK INK INK INK INK INK IN
K INK INK INK INK INK INK
INK INK INK INK INK INK IN
K INK INK INK INK INK INK
INK INK INK INK INK INK IN
K INK INK INK INK INK INK
INK INK INK INK INK INK IN
K INK INK INK INK INK INK
INK INK INK INK INK INK IN
K INK INK INK INK INK INK
INK INK INK INK INK INK IN
K INK INK INK INK INK INK
INK INK INK INK INK INK IN
K INK INK INK INK INK INK
INK INK INK INK INK INK IN
K INK INK INK INK INK INK